Emely – absolut verstrickt!

In der Lesegören-Reihe von Patricia Schröder bisher erschienen:
Emely – total vernetzt!

Patricia Schröder, 1960 geboren, lebt mit ihrem Mann und einer Handvoll Tieren auf einer Warft an der Nordsee. Ihr »richtiger« Beruf ist Textildesignerin, noch lieber aber als Muster für Blusen, T-Shirts oder Krawatten denkt sie sich Geschichten für junge Mädchen aus, und so hängte sie ihren ersten Beruf vor einigen Jahren kurzerhand an den Nagel. Inzwischen gehört sie zu den erfolgreichsten und beliebtesten deutschen Kinder- und Jugendbuchautorinnen.

Mehr über unsere Bücher, Autoren und Illustratoren auf:
www.planet-girl-verlag.de

LESEGÖREN

Patricia Schröder

EMELY – absolut verstrickt!

PLANET GIRL

Geschäfte und anderes

»Also, ich wüsste schon, was ich mit der Kohle machen würde«, sagt Jonathan.

»Me too«, vermeldet Anna, die sich bäuchlings auf meinem Bett lümmelt.

In der letzten Englischarbeit hat sie als Einzige aus unserer Klasse eine Eins plus geschrieben, worauf sie natürlich irre stolz ist, und seitdem versucht sie immer wieder mal ein paar Worte auf Englisch einzuflechten. Ich hatte übrigens *nur* eine ganz normale Eins, aber das zählt in den Augen meiner Freundin sowieso nicht, weil meine Mutter Engländerin ist. Dabei hat Moms mit meinem Bruder Teo und mir eigentlich so gut wie nie Englisch gesprochen.

»Aber das habe ich euch ja bereits alles aufgezählt«, setzt Anna auf Deutsch hinzu.

»Klar.« Jona bedenkt sie mit einem Augenzwinkern. »Häkelgarn, Filz, Knöpfe, Zierbänder …«

Mein bester Kumpel und ich hocken neben meinem Bett auf dem Boden und spielen mit Missie H., meinem schwarz-weiß-orange gefleckten Babykätzchen, das wie ein kleiner Affe auf uns herumturnt und gegen unsere Finger kämpft.

»Mach dich nur lustig«, brummt Anna, woraufhin Jonathan sofort abwehrend die Hände hebt.

»Mach ich nicht. Aber es geht hier immerhin um fünfhundert Euro«, betont er. »Und Emelys Oma hat ausdrücklich gesagt, dass sie sich davon einen Herzenswunsch erfüllen soll.«

»Einen oder mehrere«, korrigiere ich.

»Eben«, bekräftigt Jonathan. »Es wäre geradezu fatal, alles in Häkelgarn, Filz, Knö…«

»Ja, ja, ja!« Anna sieht Jona mit glühenden Augen an. »Kapierst du denn nicht, dass Emely damit ein Riesengeschäft aufziehen könnte?«

Ich tippe mir an die Stirn. »Jetzt übertreib mal nicht.«

»Mensch, Em!« Anna setzt sich mit einem Ruck auf und richtet ihren Glühblick nun auf mich. »Ich weiß, wir haben seit heute Mittag Herbstferien, trotzdem solltest du deine grauen Zellen nicht völlig einschläfern. Wenn das Material für eine Mütze vier Euro kostet und du sie für zwölf verkaufst, hast du am Ende nämlich drei Mal so viel.«

Schon klar! Das kann ich sogar mit grauzellenreduziertem Feriengehirn ausrechnen. Aber darum geht es nicht.

»Auf keinen Fall werde ich das ganze Geld in ein einziges Projekt stecken«, erkläre ich meinen Freunden.

»Klapp, klapp, klapp«, sagt Jonathan und klatscht bedächtig Beifall.

»Jetzt behaupte bloß nicht, dass du das auch vorschlagen wolltest«, gibt Anna unwirsch zurück.

»Nee, Jona würde sich natürlich ein neues BMX-Bike kaufen«, erwidere ich, schnappe mir Missie H. und vergrabe meine Nase in ihrem weichen Fell.

»Hmm.« Mein bester Kumpel nickt. »An *meiner* Stelle. An *deiner* natürlich nicht.«

»Nö, da fällt die Wahl wohl eher auf ein neues Skateboard.« Meine Freundin schüttelt missbilligend den Kopf. »Keine gute Idee.«

Jona setzt eine Unschuldsmiene auf.

»Und wieso nicht?«, erkundigt er sich.

»Das weißt du ganz genau«, entgegnet Anna und zieht geräuschvoll Luft ein, bevor sie weiterspricht. »Because it's too dangerous for her.«

»So ein Quatsch!«, brummt Jonathan.

»Überhaupt nicht!«, widerspricht Anna. »Emely ist viel zu unkonzentriert, um mit einem noch schnelleren Brett unterwegs zu sein.«

Ich verpasse ihrem Knie einen freundschaftlichen Stupser.

»Muss ich mich jetzt etwa dafür bedanken, dass du das Wort ›schusselig‹ so nett umschrieben hast?«, flachse ich.

Anna antwortet mit einem Kussmündchen.

Missie H. nutzt die Gelegenheit, befreit sich aus meiner Umarmung und macht sich über den Inhalt meines umgekippten Papierkorbs her.

»An ein neues Skateboard hatte ich eigentlich nicht gedacht«, bemerkt Jona. »Falls das hier noch irgendjemanden interessiert.«

»Und wie«, entgegne ich. »Allerdings habe ich keine Lust auf Rätselraten.«

»Eigentlich hatte ich auch nicht vor, ein Quiz zu veranstalten«, erwidert er.

»Nee, klar«, murmelt Anna. »Hat sich einfach so ergeben.«

»Ich merke schon, es ist gar nicht so einfach, sich mit zwei Mädchen gleichzeitig zu unterhalten«, stellt Jonathan seufzend fest.

»Blödmann!« Anna packt sich eins der kleinen Kissen von meinem Bett und schleudert es ihm an den Kopf.

Jonathan wirft es umgehend zurück und wird dafür von meiner Freundin mit einer ganzen Kissensalve bombardiert. So geht es eine Weile hin und her. Missie H. flüchtet entsetzt unter den Schreibtisch und ich warte geduldig ab, bis meinen Freunden die Puste ausgeht.

»Fünfhundert sind schwer in drei gleich große Teile zu teilen«, sage ich dann.

»Find ich nicht«, meint Jona. »Dreimal hundertfünfzig plus fünfzig als eiserne Reserve. Das würde übrigens auch zu meinem Vorschlag passen«, fügt er mit einem Grinsen hinzu.

»Aha?« Anna sieht ihn erwartungsvoll an.

»Hundertfünfzig als Investition für Mützenmaterial«, beginnt er. »Wenn du richtigliegst mit deiner Kalkulation, dann läge der Gewinn am Ende bei dreihundert Euro.«

»Investition! … Kalkulation!«, stöhne ich. »Wie wär's, wenn ihr mein Geld mir überlasst und ich ganz normale Dinge damit anstellen darf?«

»Aber gerne doch«, erwidert Jonathan und wirft mir ebenfalls ein Kussmündchen zu.

Ich starre ihn an und Jona starrt zurück. Anna guckt abwechselnd von ihm zu mir, als würde sie ein Tennismatch verfolgen. Ein paar endlos lange Sekunden herrscht absolute Stille in meinem Zimmer. Schließlich senkt Jona den Kopf. Die fluffige Röte, die für einen kurzen Moment seine Wangen überzieht, entgeht mir trotzdem nicht, und auch ich spüre, wie mir die Hitze hinter den Ohren aufsteigt.

»Hab ich doch gesagt«, brummt Jonathan. »Mit zwei Mädchen gleichzeitig zu reden, kann eine ziemliche Herausforderung sein. Zumindest für einen Jungen.«

Anna fängt an zu kichern, und die Spannung löst sich zum Glück ganz schnell in Wohlgefallen auf.

»Und wann verrätst du uns, was du mit deinem Geld vorhast?«, will meine Freundin von mir wissen.

Ich zucke mit den Schultern. »Jetzt gleich, wenn ihr wollt.«

Anna und Jonathan wechseln einen Blick.

»Jaa, stell dir vor, das wollen wir«, erwidert Anna.

»Also …« Ich hole tief Luft und lege die fünf Hunderteuroscheine nebeneinander vor mir auf dem Teppich aus. »Hundertfünfzig für Mützenmaterial, hundertfünfzig für Spaß im Wildcamp und hundertfünfzig für eine Kamera.«

»Bingo!«, ruft Jona. »Genauso hatte ich mir das auch gedacht! Ich persönlich würde allerdings hundertfünfzig Euro nicht einfach auf den Kopf hauen.«

»Wieso denn nicht?«, entgegnet Anna. »Durch das Mützengeschäft kriegt Emely doch fast alles wieder rein.«

»Na ja, nicht ganz«, sage ich. »Erstens musst du mir bei der Herstellung helfen und wirst dafür natürlich am Gewinn beteiligt.«

»Yes!«, freut Anna sich und reckt beide Daumen in die Höhe.

»Und zweitens?«, fragt Jona.

»Werde ich die Hälfte meines Gewinns Tieren in Not spenden.«

Ich habe nämlich beschlossen, dass Annas und meine Blog-Aktion »Eine Mütze für Nachbars Mieze«, die wir in den letzten Wochen vor den Ferien im Rahmen eines Projekts des Deutschunterrichts gestartet hatten und die ein riesiger Erfolg war, keine einmalige Sache gewesen sein soll.

»Find ich gut«, sagt Anna zögernd.

Sie streicht sich die roten Ponylocken aus der Stirn und schaut mich aus ihren braunen Augen nachdenklich an. Bestimmt gefällt es ihr nicht, dass ich diese Entscheidung ohne sie getroffen habe, und ich hoffe sehr, dass sie jetzt nicht allzu böse mit mir ist.

»Ich werde es genauso machen«, fährt sie dann aber zu meiner Erleichterung fort. »Abgesehen davon ist die ganze Häkelei und der Blog und so ohnehin unser gemeinsames Ding.«

»Fantastisch«, meldet Jona sich zu Wort. »Falls die Damen einen Unternehmensberater brauchen ... Ich stelle mich gern zur Verfügung.«

»Nee, lass mal«, winkt meine Freundin ab. »Das kriegen wir Mädels auch alleine hin.«

»Schon kapiert.« Jonathan zieht eine Flappe. »Ich glaub, ich geh dann mal«, brummt er und rappelt sich auf.

»Du hast doch sowieso schon genug mit dem BMX-Wettbewerb zu tun«, versuche ich, Annas Kommentar ein wenig abzumildern, und springe ebenfalls auf die Füße.

Jona antwortet nicht, sondern nickt Anna zum Abschied kurz zu, dann liegt seine Hand bereits auf der Klinke.

»Ich bring dich noch raus«, sage ich und hechte ihm hinterher.

Er macht allerdings keine Anstalten, auf mich zu warten, sondern geht mit strammen Schritten auf die Haustür zu.

»Jetzt sei bitte nicht sauer«, flehe ich, und komme mir dabei reichlich albern vor.

Bisher haben Jona und ich uns nahezu blind verstanden. Unser oder besser gesagt *mein* einziges Problem war Annas ständige Eifersucht. Sie wollte nämlich nicht einsehen, dass ich mit Jonathan – einem Jungen! – genauso dick befreundet sein konnte wie mit ihr, und hackte ständig auf ihm herum. Mittlerweile kennt sie ihn etwas besser und findet ihn nach eigener Aussage »gar nicht mal so übel«.

Doch leider haben wir jetzt ein neues Problem: Als Dreier-Konstellation funktionieren wir leider nicht optimal. Irgendwie ist immer einer der beiden das fünfte Rad am Wagen, und dann muss ich dafür sorgen, dass die Sache trotzdem einigermaßen rundläuft. Und das ist ganz schön nervig.

»Ich bin nicht sauer«, behauptet Jona mit Miesepeter-Miene. »Und du hast ja recht: Ich sollte wirklich ein bisschen mehr trainieren. Die neue Kette ist noch nicht richtig eingefahren und außerdem will ich unbedingt einen perfekten dreihundertsechzig-Grad-Tailwhip hinbekommen.«

»Gehört der zum Wettbewerb?«

Jonathan schüttelt den Kopf. »Eine halbe Drehung auf dem Vorderrad genügt, aber …« In seinen hellen grauen Augen blitzt es übermütig auf.

»Du willst unbedingt gewinnen«, sage ich grinsend.

Er nickt. »Mhm …«

»Was denn noch?«, erkundige ich mich stirnrunzelnd.

Jona holt tief Luft und druckst ein wenig herum.

»Ich fände es irgendwie cooler, wenn du dabei wärst«, rückt er schließlich heraus.

»Wie jetzt?«

Will er etwa, dass ich auf das Wildcamp verzichte und ihn stattdessen zu seinem BMX-Workshop begleite? Doch anstatt mir zu antworten, guckt er mich nur hammertraurig an.

»Was ist los?«, frage ich bestürzt.

»Ach … nix.«

»Das stimmt nicht, Jona«, entgegne ich und kralle meine Finger in sein T-Shirt, damit er nicht einfach abhauen kann. »Mach mir bloß nichts vor. Irgendwas ist mit dir.«

»Und wenn schon!«

»Nein, Jona, ich …«

»Vergiss es einfach«, unterbricht er mich. Er fasst nach meiner Hand und befreit sein T-Shirt aus dem Griff meiner Finger. »Mach dir keine Gedanken«, fährt er etwas sanfter fort. »Und hab Spaß mit Anna.«

»Aber das kann ich nicht, wenn du …«

»Wir whatsappen, okay?«, fällt er mir abermals ins Wort. »Es bringt überhaupt nichts, jetzt auf die Schnelle darüber zu reden«, meint er schulterzuckend. »Es ist nämlich kein Fünf-Minuten-Thema.«

Ich spüre geradezu, wie ich blass werde.

»Sondern was Ernstes?«, hauche ich.

Jona senkt den Blick und betrachtet eingehend seine Sneakers. Schließlich nickt er.

»Es hat allerdings nichts mit dir zu tun«, setzt er hastig hinzu.

Na toll!

Der Gedanke, dass Jonathan etwas bedrückt und ich keine Ahnung habe, was es ist, macht mich ganz kirre.

»Wie soll ich denn da Spaß haben?«, brumme ich.

Am liebsten würde ich den Rest des Tages mit ihm verbringen, damit er mir alles haarklein erzählen kann. Aber dafür müsste ich Anna vor die Tür setzen, was sie mir garantiert oberübel nehmen würde. Dabei haben sie und ich die ganzen Herbstferien für uns allein, während ich meinen besten Kumpel vierzehn lange Tage nicht zu Gesicht bekommen werde.

»Jona, es tut mir so leid«, krächze ich.

»Schon gut«, murmelt er.

Plötzlich schlingt er seine Arme um mich, drückt mich für ein paar Millisekunden total fest an sich, und noch ehe meine Gehirnzellen wieder richtig herum arbeiten, ist er bereits durch die Haustür verschwunden.

»Na, habt ihr geknutscht?«, fragt Anna, als ich in mein Zimmer zurückkomme.

Ich tippe mir an die Schläfe.

»Spinnst du! Wie kommst du denn da drauf?«

»Och, nur so.« Anna, die sich während meiner Abwesenheit wieder der Länge nach auf meinem Bett ausgestreckt und sich die neueste Ausgabe der *Power Girls* geschnappt hat, grinst von einem Ohr zum anderen. »Weil ihr so lange gebraucht habt, um euch voneinander zu verabschieden.«

Sie zwinkert mir bedeutungsvoll zu.

»Du bist echt bescheuert«, knurre ich, lasse mich auf meinen Schreibtischstuhl fallen und schlage eine neue Seite meines Notizblocks auf. »Jona und ich sind Freunde und nichts weiter.«

Abgesehen davon weiß Anna sehr genau, dass ich mit Jungen nichts am Hut habe.

»Jetzt sei nicht beleidigt«, sagt sie. »Das war doch nur Spaß.«

»Hmh, sehr witzig«, grummle ich, greife nach einem dunkelgrünen Gelstift und stelle eine Rechnung auf.

Grundstock:	*150 Euro (Material für ca. 38 Mützen)*
Verkaufspreis:	*12 Euro pro Mütze = 456 Euro*
Lohn Anna:	*3 Euro pro Mütze (18) = 54 Euro*
Gewinn:	*252 Euro*
eigener Lohn:	*3 Euro pro Mütze (20) = 60 Euro*
absolut. Gewinn:	*192 Euro – 150 Euro für neues Material*
Rest:	*42 Euro für Tiere in Not*

»Hm, das ist eigentlich zu wenig«, murmele ich.

»Was ist zu wenig?« Anna springt von meinem Bett herunter und späht mir über die Schulter. »Was machst du denn da?«

»Ich habe ausgerechnet, wie viel Geld …«

»Schon kapiert«, fährt meine Freundin dazwischen und schiebt sich neben mich auf den Stuhl. »Das ist sowieso alles

Blödsinn«, meint sie, nimmt mir den Stift aus der Hand und streicht meine Aufstellung durch.

Gewinn:	*456 Euro*
Tiere:	*200 Euro*
Material:	*150 Euro*
Lohn:	*106 Euro (E. und A. je 53 Euro)*

»Die ersten hundertfünfzig brauchst du doch gar nicht mitzurechnen«, sagt sie, nachdem sie ihre Liste erstellt hat, und deutet auf die Scheine, die ich auf dem Fußboden ausgebreitet habe. »Die liegen da ja schon.«

Ich starre meine Freundin an und es dauert ein paar Atemzüge, bis sich die Verknotung meiner grauen Zellen gelöst hat. Dann allerdings herrscht Festbeleuchtung in meinem Oberstübchen.

»Verdammt noch mal, das stimmt!«, stoße ich aus. »Mensch, Anna, du bist echt genial!«, jubele ich.

»Jonathans Hilfe brauchten wir dafür jedenfalls nicht«, stellt sie mit einem zufriedenen Grunzen fest.

»Ach, und wenn schon«, sage ich. »Gestorben wären wir daran auch nicht.«

»Du vielleicht«, erwidert sie.

»Du genauso wenig«, gebe ich zurück. »Außerdem wollte er nur nett sein.«

»Denkst du!«

»Was denn sonst?«, entgegne ich.

»Sich zwischen uns drängen«, sagt Anna so, als gäbe es nichts auf der Welt, was klarer wäre.

»Das ist absoluter Quatsch!«, knurre ich, schieße vom Stuhl hoch und sammle mein Geld ein, auf dem Missie H. es sich gerade bequem machen wollte.

»Und das mit der Kamera hat er garantiert auch bloß so gesagt«, macht Anna weiter.

Ich zeige ihr einen farbenprächtigen, zweifingerigen Doppelvogel.

»Du spinnst doch! Wieso sollte er?«

»Um sich einzuschleimen natürlich.«

»Klar!«

Das hat Jona gerade nötig! Er weiß doch, dass ich ihn mag und wahnsinnig gern Zeit mit ihm verbringe. Besonders auf der Skatebahn – wo Anna zum Beispiel keine zehn Pferde hinkriegen.

»Und ich dachte, ihr versteht euch«, sage ich frustriert.

»Tun wir ja auch«, erklärt sie achselzuckend. »Trotzdem sollten wir ein paar Dinge ganz klar trennen. Oder findest du es etwa prickelnd, wenn wir ständig zu dritt aufeinanderhocken?«

»Das tun wir doch überhaupt nicht«, erwidere ich kopfschüttelnd. »Und heute war sowieso eine Ausnahme. Eigentlich wäre es nur fair gewesen, wenn ich etwas mit ihm allein unternommen hätte.«

Anna verdreht die Augen. »Zum Glück hast du das nicht.«

Hallo!? Ich glaub, ich hab ’ne Gehörgangentzündung!

»Was soll denn das schon wieder heißen?«

»Ist doch ganz einfach.« Anna steht ebenfalls von meinem Schreibtischstuhl auf und greift nach ihrer blaubeervioletten Jeansjacke, die sie über das Fußende von meinem Bett gehängt hat. »Ihr wärt garantiert zur Skatebahn gefahren.«

»Ja und?«

»Jona hätte irgendein waghalsiges Kunststück auf seinem BMX eingeübt und dich damit angesteckt.«

»Hä?«

Jetzt kapiere ich wirklich gar nichts mehr, und das sieht man mir offenbar auch an, denn meine Freundin lacht nun lauthals los – allerdings nur für ungefähr fünf Sekunden, dann hat sie bereits wieder diese berühmt-berüchtigte bierernste Miene aufgesetzt, die sich immer dann auf ihrem Gesicht abzeichnet, wenn sie sich ernsthafte Sorgen um mich macht.

»Ach so, du hast schon wieder Angst, dass ich mich auf die Nase legen könnte«, schlussfolgere ich grinsend.

»Das ist nicht lustig«, erwidert Anna. »Du fährst immer viel zu waghalsig und total unkonzentriert obendrein«, übertreibt sie wieder maßlos. »Und wenn Jonathan dich dann auch noch anstachelt …«

»Macht er nicht«, falle ich ihr ins Wort. »Jona ist nämlich ebenso wenig scharf darauf, dass ich mich verletze, wie du. Außerdem trage ich jetzt dieses Ding hier«, setze ich hinzu und tippe auf das rahmenlose Brillengestell auf meiner Nase.

Schweigend streift Anna sich ihre Jacke über.

Okay, sie hat recht. Ich bin zuweilen nicht ganz bei der Sache und dann passiert auch schon mal ein klitzekleines Unglück. Bisher hat sich allerdings meinetwegen noch niemand ernsthaft verletzt. Weder ich noch jemand anderes. Und mit Jona hat das alles sowieso nichts zu tun.

»Wenn ich mit ihm übe, bin ich viel vorsichtiger und dann lerne ich auch am schnellsten dazu«, rede ich weiter auf meine Freundin ein. »Du solltest mal mitkommen und es dir anschauen.«

»Besten Dank«, winkt Anna sofort ab. »Mir wäre es ohnehin am liebsten, du würdest auf ein Fahrrad umsteigen. Und zwar auf ein ganz normales«, betont sie.

»Oh, das traust du mir allen Ernstes zu?«, versuche ich zu scherzen. »Wäre es nicht viel besser, wenn es Stützräder hätte und außerdem selbstständig abbremsen würde, sobald ich schneller als fünf Stundenkilometer fahre?«

Anna bedenkt mich mit einem finsteren Blick. »Du bist blöd.«

»Ja, ich weiß. Tut mir leid«, lenke ich ein. »Ich finde allerdings, du übertreibst es gerade ein bisschen mit deiner Angst.«

»Ich will einfach nicht, dass ausgerechnet jetzt noch was passiert«, entgegnet Anna. »Kurz bevor wir ins Wildcamp fahren.«

»Oh!« In diese Richtung läuft also der Hase. »Und wenn wir erst dort sind, darf ich mir also den Hals brechen, oder was?«

»Natürlich nicht.« Sie lächelt verschmitzt »Allerhöchstens den kleinen Finger.«

»Ich würde auch mit Gipsbein dorthin reisen«, sage ich. »Also hör auf, dir einen Kopf um Sachen zu machen, die sowieso nicht eintreten werden.«

»Ich bin trotzdem froh, dass du heute nicht mehr mit Jona zur Skatebahn gefahren bist«, erwidert Anna. Sie knöpft ihre Jacke zu und schlingt mir die Arme um den Hals. »Bis morgen, Emely«, murmelt sie und küsst mich auf die Wange.

»Wieso willst du überhaupt schon nach Hause?«, frage ich.

»Weil ich keine Lust habe, auf den letzten Drücker zu packen.«

»Aber wir fahren erst am Donnerstag«, erinnere ich sie. »Du hast noch ganze fünf Tage Zeit dir zu überlegen, was du mitnehmen willst.«

Abgesehen davon hätte ich Jona eben nicht einfach gehen lassen, wenn ich geahnt hätte, dass Anna auch nicht mehr lange bleiben würde.

»Ihr könnt ja nachher noch skypen«, schlägt sie vor, als hätte sie meine Gedanken erraten. »Oder whatsappen.«

»Ja«, sage ich seufzend. »Genau das haben wir vor.«

»Gut.«

Anna verpasst mir noch einen Schmatzer auf die andere Wange, und dann ist sie so schnell verschwunden, dass ich mir kaum vorstellen kann, dass Kofferpacken das Einzige ist, was sie heute noch erledigen will.

Kleines Ding, großes Ding

Ich hole mein Smartphone aus dem Seitenfach meines Rucksacks hervor und will gerade WhatsApp aktivieren, als es an der Haustür klingelt.

Bestimmt hat Anna etwas vergessen!, schießt es mir durch den Kopf. Oder sie hat es sich anders überlegt und will doch noch eine Weile mit mir abhängen. Ich werfe das Handy aufs Bett und stürze aus dem Zimmer, doch leider ist mein Bruder schneller als ich. Als er mich bemerkt, legt er sogar noch einen Zahn zu und springt die Klinke an, als wäre er Spiderman höchstpersönlich.

»Ey, du Lappen!«, rufe ich und hechte ihm hinterher. »Das ist sowieso für mich.«

»Kannst du neuerdings durch Wände gucken?«, frotzelt Teo und reißt die Tür auf. »Oder erwartest du deinen Lover?«

»Na, das nenne ich ja mal eine stürmische Begrüßung«, freut sich Oma Berlin und strahlt zuerst Teo an und dann mich.

Sie putzt sich die Schuhe auf der Fußmatte ab und tritt in den Flur.

»Moms ist nicht da«, sagt mein Bruder. »Sie kommt freitags nie vor acht Uhr nach Hause.«

»Kein Grund, mir die Tür gleich wieder vor der Nase zuzuschlagen«, erwidert meine Großmutter.

Teo läuft knallrot an.

»Das hatte ich gar nicht vor«, verteidigt er sich.

»Sollte ja auch bloß ein Scherz sein«, meint Oma Berlin und spaziert an uns vorbei zur Garderobe. »Offenbar kommt es euch gar nicht in den Sinn, dass mein Besuch auch euch gelten könnte, hm?«

Sie nimmt ihr dünnes dunkelblaues Wolltuch ab und mustert uns mit hochgezogenen Brauen.

»Na ja«, sage ich. »Es ist ja auch schon eine ganze Weile her, dass du hier ...«

»Ich weiß«, unterbricht sie mich und zieht ihre Jacke aus. Sie stopft das Tuch in den Ärmel und hängt die Jacke über einen Bügel. Anschließend zupft sie sich vor dem Spiegel ihre dichten grau gesträhnten Haare zurecht. »Und ich möchte jetzt bitte keine Vorwürfe hören.«

»Aber ich wollte doch gar nicht ...«, stammele ich. »Ich finde es nämlich total okay, wenn wir zu Opa und dir kommen ... und Teo bestimmt auch. Wir haben uns bloß gewundert.«

»Oh Mann!«

Mein Bruder verdreht stöhnend die Augen und stapft auf sein Zimmer zu.

»Stopp! Hiergeblieben!«, hält Oma Berlin ihn zurück. »Es mag ja sein, dass du anderer Auffassung bist als deine Schwester, aber ich habe mit euch beiden zu reden. Am besten, wir setzen uns gemütlich ins Wohnzimmer.« Sie wendet sich mir zu und streicht mir sachte über die Wange.

»Emely, Schätzchen, bist du so lieb, und besorgst uns etwas zu trinken?«

»Ich hab keinen Durst«, brummt Teo. Er ändert die Richtung und stapft nun aufs Wohnzimmer zu. »Und besonders viel Zeit habe ich auch nicht.«

»Was gibt's denn so Wichtiges am ersten Ferientag?«, fragt meine Großmutter belustigt. »Geschäfte?«

Dabei weiß sie ganz genau, wie sehr mein Bruder und ich es hassen, uns lange im selben Zimmer aufzuhalten. Die Phase, in der es ein bisschen anders war und nicht sofort die Fetzen flogen, ist ziemlich kurz gewesen und längst wieder vorbei.

Ich bin jedenfalls froh, dass ich noch einen Abstecher in die Küche machen kann, und lasse mir alle Zeit der Welt dabei, drei Gläser aus dem Hängeschrank und eine Flasche O-Saft aus dem Kühlschrank zu nehmen.

Als ich das Wohnzimmer betrete, sitzt Oma Berlin auf dem Sofa, während mein Bruder mit verschränkten Armen und muffigem Gesicht in einem der beiden Sessel hockt.

»Der Orangensaft ist eklig«, brummt er.

»Dann hol dir doch was anderes«, brumme ich zurück, stelle die Gläser auf den Tisch und drehe den Schraubverschluss von der Flasche.

»Ich hab ihn übrigens schon darauf hingewiesen, dass er gerade kein besonders hübsches Bild abgibt«, meint meine Großmutter.

Das tut er nie, liegt es mir auf der Zunge, zu sagen, verkneife es mir jedoch. Ich habe keine Lust zu streiten, sondern will das hier so schnell wie möglich hinter mich bringen. Und da

Teo Oma Berlins Bemerkung völlig ungerührt an sich abperlen lässt, scheint es ihm ganz ähnlich zu gehen. – Tja, in manchen Dingen sind wir uns eben doch schon immer sehr schnell einig gewesen.

Ich fülle die Gläser, reiche eins meiner Großmutter und setze mich mit dem anderen zu ihr aufs Sofa.

Teo wirft mir einen feindseligen Blick zu, dann sieht er Oma Berlin an. »Was ist denn?«, will er wissen.

Meine Großmutter schenkt ihm ein Lächeln. Sie nimmt einen großen Schluck O-Saft und stellt das halb geleerte Glas geräuschvoll auf den Tisch zurück.

»Ich werde morgen an die Nordsee reisen und habe beschlossen, euch mitzunehmen«, teilt sie uns ohne Umschweife mit.

»Was?«, rufen Teo und ich wie aus einem Mund, woraufhin er gleich noch einen zweiten Giftblick auf mich abschießt.

»Das geht nicht«, sage ich.

»Und warum nicht?«, fragt Oma Berlin.

»Weil ich mit Anna ins Wildcamp fahre«, entgegne ich. »Das weißt du doch!«

»Ja.« Meine Großmutter nickt. »Am Donnerstag.«

»Und wenn ich nicht will?«, platzt es aus mir heraus.

Mein Bruder droht ebenfalls zu platzen. Jedenfalls ist er knallrot im Gesicht und seine Augen treten bedrohlich hervor.

»Eure Eltern halten es für das Beste«, sagt Oma Berlin. »Und ich im Übrigen auch.«

»Unsere Eltern?«, schnaubt Teo und springt aus dem Sessel. »Ich glaub, es hackt!«

»Das glaube ich allerdings auch«, erwidert meine Großmutter. »Und jetzt setz dich bitte wieder hin und lass uns in Ruhe über alles reden.«

»Aber er hat doch recht«, sage ich, obwohl es mir widerstrebt, ihn zu verteidigen, und ich sonst was darum gäbe, nicht mit ihm auf einer Seite stehen zu müssen. Der Fall »unsere Eltern« ist allerdings ein Sonderfall und setzt daher ausnahmsweise alle bestehenden Schwester-Bruder-Regeln außer Kraft. »Moms und Pops haben sich getrennt und entscheiden nichts mehr gemeinsam.«

»Doch«, widerspricht Oma Berlin. »Zum Glück tun sie das noch. Und soweit ich darüber unterrichtet bin, haben sie euch das auch genauso zu verstehen gegeben.«

Teo lässt sich in den Sessel zurückfallen und kreuzt die Arme noch etwas fester über seiner Brust.

»Ihr könnt uns nicht zwingen«, knurrt er.

Für das »uns« müsste ich ihn eigentlich küssen, aber danach würde ich mich wahrscheinlich über die gute Sofagarnitur übergeben, und das Risiko möchte ich unter gar keinen Umständen eingehen.

»Von Zwingen kann gar keine Rede sein«, gibt meine Großmutter gelassen zurück. »Im Gegenteil: Ich *bitte* euch, mich zu begleiten.«

»Und warum sollen wir das tun?«, frage ich.

Für mich steht nämlich längst fest, dass ich meinen Vater frühestens in den nächsten Osterferien in seinem neuen Domizil besuche. Und zwar allein und auch nur für den Fall, dass er dann überhaupt noch dort ist.

»Er kommt doch sowieso irgendwann wieder zurück.«

Nicht in unser Haus, aber in unsere Stadt. Zumindest hat er das behauptet.

»Darum geht es doch gar nicht«, sagt Oma Berlin.

»Sondern?«, brummt Teo und pustet sich eine störrische dunkle Strähne aus der Stirn.

»Es soll es uns allen ein wenig leichter machen«, erwidert sie.

»Kapier ich nicht.« Ich setze mein Glas an die Lippen und leere es in einem Zug. »Wenn wir Pops jetzt hinterherreisen, denkt er doch, wir finden es okay, dass er uns verlassen hat.«

Meine Großmutter schüttelt den Kopf.

»Das tut er ganz sicher nicht. Es hilft allerdings auch nicht weiter, wenn ihr ihm deswegen ewig böse seid.«

So weit war ich selber auch schon. Dieses Ewig-böse-sein ist nämlich unendlich anstrengend. Traurig und enttäuscht bin ich trotzdem. Und das lässt sich mit einer solchen Schwamm-Drüber-Aktion, wie Oma Berlin sie gerade plant, ganz bestimmt nicht einfach abstellen.

»Also, ich bleibe hier«, sagt Teo.

Diesmal erhebt er sich fast in Zeitlupe aus seinem Sessel, stapft dafür aber umso energischer in den Flur hinaus. Kurz darauf schlägt seine Zimmertür mit einem lauten Knall zu.

Meine Großmutter zuckt kurz zusammen.

»Schade«, meint sie dann und stößt einen langen tiefen Seufzer aus. »Wenn das so ist, vergessen wir das Ganze am besten.«

Super, denke ich, muss zu meiner eigenen Verblüffung jedoch feststellen, dass mir das nun auch wieder nicht passt.

»Wieso eigentlich?«, höre ich mich fragen.

»Weil es die Dinge nur erschweren würde«, antwortet Oma Berlin. »Es wäre besser, wenn ihr euch einig wärt«, fügt sie erklärend hinzu.

Wie bitte? Heißt das etwa, das Wohl unserer Familie hängt von einem egoistischen Tierquäler, alias meinem Bruder, ab?

»Da kannst du lange warten«, brumme ich. »Teo und ich sind uns doch nie einig.« Zumindest nicht, wenn es wirklich drauf ankommt. »Eher fällt Ostern und Weihnachten auf einen Tag.«

Meine Großmutter mustert mich forschend.

»Darf ich daraus schließen, dass du dieser kleinen Reise nicht abgeneigt wärst?«

»Wann soll es denn überhaupt losgehen?«, frage ich zögernd.

»Also, ich nehme den Zug morgen Mittag um kurz nach halb zwei«, erwidert Oma Berlin. »Du könntest bis Dienstag bleiben ... oder am nächsten Donnerstag direkt von dort aus ins Wildcamp fahren.«

Zweifel kommen mir erst, als meine Großmutter das Haus verlassen hat.

Grübelnd trotte ich in mein Zimmer, schließe die Tür ab und lasse mich rücklings aufs Bett fallen. Ich schnappe mir mein Handy und sehe, dass Jonathan sich bereits über WhatsApp gemeldet hat.

Sorry, Em, ich habe es vorhin etwas übertrieben.

Was meinst du?, frage ich ihn.

Die Sache, über die ich mit dir reden wollte, ploppt seine Antwort prompt herein. *Es ist eigentlich kein großes Ding.*

Okay, tippe ich, *dann erzähl mir eben von dem kleinen.*

Diesmal dauert es etwas länger, bis er zurückschreibt, und ich bilde mir ein, sein Drucksen geradezu spüren zu können.

Lass es uns verschieben.

Hä? Wieso denn das? Wenn es doch kein großes Ding ist!

Eben drum, erwidert Jona. *Ich bin übrigens ganz schön nervös wegen des Wettbewerbs*, wechselt er das Thema.

Ich tue ihm den Gefallen und gehe darauf ein: *Hast du heute denn gar nicht mehr geübt?*

Nö, keine Lust. Bin direkt nach Hause.

Och, Mensch, tippe ich. *Doch wohl nicht wegen Anna … Und mir?*

Na ja … schon irgendwie :-(

»Jona, das finde ich jetzt Kacke!«, knurre ich mein Handy an, während ich überlege, was ich wirklich schreiben soll.

Du brauchst deswegen aber kein schlechtes Gewissen zu haben, kommt es dann allerdings bereits von ihm, bevor ich überhaupt etwas eingeben kann.

Wenn du meinst …

Jap. Es liegt nämlich eindeutig an mir und meinem aktuellen Gemütszustand, erläutert Jonathan mir. *Außerdem hätte ich echt gern noch ein bisschen mehr Zeit mit dir verbracht. Allein!!!*

Um mir von dem kleinen Dings zu erzählen?, lenke ich das Gespräch auf unser Ursprungsthema zurück.

Gleichzeitig erscheint neuer Text von Jona auf dem Display: *Ich bin nämlich ziemlich traurig, weil wir uns so lange nicht sehen. :-(:-(:-(*

Ich stutze kurz, kapiere dann aber, dass dies noch nicht die Antwort auf meine letzte Frage gewesen ist.

Nee, einfach nur, um mit dir zusammen zu sein, schiebt er dann auch sofort hinterher.

Ging mir genauso, erwidere ich. *Anna hätte das aber nicht verstanden.*

Klar. Sie wäre stinksauer gewesen.

Hmmmmm ...

Wir schweigen uns eine Weile an und ich merke, wie aus dem kleinen Dings allmählich ein ziemlich großes wird. Am liebsten würde ich hier gleich noch mal nachbohren und trage einen fiesen Kampf mit meinem inneren Schweinehund aus. Wie so oft lasse ich ihn auch diesmal gewinnen. Ich hab's einfach lieber harmonisch. Erst recht vor einer langen Trennung. Da kann ich Missstimmungen überhaupt nicht gut aushalten.

Wenn Jona dieses angeblich so kleine Ding wirklich bedrückt, wird er früher oder später mit mir drüber reden. Da bin ich mir ganz sicher. Und wer weiß, vielleicht habe ich ja Glück, und er rückt doch heute Abend noch damit raus.

Ich fahre übrigens vor dem Wildcamp wahrscheinlich zu meinem Vater an die Nordsee, schreibe ich, um den Faden nicht abreißen zu lassen.

Na, das ist doch mal eine Nachricht :-)

Du findest es also gut?, vergewissere ich mich.

Logisch. Wieso nicht?

Weil es so aussehen könnte, als würde ich ihm hinterherlaufen, tippe ich.

Quatsch!, erwidert Jonathan. *Damit zeigst du ihm, dass er dir wichtig ist.*

Genau das soll er aber mir zeigen!

Hat er doch schon, erinnert Jona mich.

Stimmt. Pops hat sich wirklich sehr viel Mühe gegeben, mir (und Teo) seine Gründe für die Trennung von Moms zu erläutern. Und er hat sich für Annas und meinen Blog interessiert, uns Tipps gegeben und Fotos gemacht. Keine Ahnung, warum ich das immer wieder vergesse.

Er will dich nicht drängen und deshalb wäre es gut, wenn du den nächsten Schritt machst, rät mir mein bester Kumpel.

Du klingst wie Frau Schnacke!, werfe ich ihm vor.

Die ist Annas und meine Klassenlehrerin – immer wahnsinnig verständnisvoll, superengagiert, allerdings meistens ein bisschen verpeilt, was Jonathan ja nun echt überhaupt nicht ist.

Hm … vielleicht sollte ich Lehrer werden … oder Sozialarbeiter … oder Psychologe …

Oder einfach erst mal nur Jona sein, breche ich in seine Überlegungen ein.

Machst du dir etwa nie Gedanken um deine Zukunft?, will er wissen.

Nö, eigentlich nicht.

Na ja, du wirst sowieso Tierärztin, meint Jonathan. *Oder Biologin … oder Modeschöpferin …*

Ist doch egal!, fahre ich dazwischen.

Ups! Bist du jetzt sauer? :P

Nein ^^, entgegne ich. *Ich finde das Thema nur iwie unspannend.*

Hast recht, und für dich bin ich auch gerne einfach nur Jona ;)

Gut! Dann können wir ja dort weitermachen, wo wir eben aufgehört haben!

Meinetwegen :-)

Also noch mal ganz im Ernst, hake ich nach. *Du fändest es wirklich gut, wenn ich zu meinem Vater fahre und nachschaue, was er so treibt?*

Jap!, lautet Jonas eindeutige Antwort. *Wann soll es denn überhaupt losgehen?*, erkundigt er sich.

Morgen Mittag, antworte ich. *Zusammen mit meiner Oma. Sie bleibt dann wohl erst mal da.*

So zumindest hat sie es vor ein paar Tagen angekündigt. Möglicherweise hat sie ihre Meinung inzwischen aber auch wieder geändert. Oma Berlin hatte schon immer ihren eigenen Kopf, aber seitdem sie im Lotto gewonnen hat, ist sie geradezu unberechenbar geworden. Letztendlich jedoch hat Pops wohl auch noch ein Wörtchen mitzureden. Ich kann mir nämlich kaum vorstellen, dass er sonderlich begeistert darüber wäre, wenn meine Großmutter ihm wochenlang auf der Pelle hängt.

Und du?, erkundigt sich Jonathan.

Ich natürlich nicht!

Das wäre ja wohl auch noch schöner! Plötzlich in eine neue Schule gehen zu müssen, fände ich zwar nicht die Katastrophe, aber seine Freunde wechselt man schließlich nicht wie die Unterhosen.

Ich bleibe bis Montag, Dienstag oder Mittwoch, schreibe ich. *Oder nur bis Sonntag … sollte es ganz grausig dort sein.*

Und für den unwahrscheinlichen Fall, dass es dir gefällt?, fragt Jona.

Das ist wirklich unwahrscheinlich!, bekräftige ich. *Aber dann könnte ich natürlich ganz theoretisch auch erst am Donnerstag gleich von der Nordsee aus ins Wildcamp fahren.*

So wie Oma Berlin es bereits vorgeschlagen hat.

Das müsste ich allerdings erst einmal Anna verklickern.

*Prima :-) Passt doch^^*, erwidert Jonathan.

Tja, es gibt da bloß ein klitzekleines Problemchen …

Und das wäre???

Ich hole tief Luft, bevor ich erneut das Display berühre.

Missie H. Meine Finger zittern, als ich den Namen meiner kleinen Katze in mein Smartphone tippe.

Hä? Wieso?, fragt Jona.

Oh Mann! Diese Art zu reagieren, ist so typisch Junge! Von meinem besten Kumpel hätte ich allerdings schon ein bisschen mehr Mitgefühl erwartet.

Dann muss ich sie noch länger allein lassen! Du Depp!, schiebe ich im Stillen hinterher.

Ist sie ja nicht, hält Jona dagegen.

Nee, klar. Sie hat Teo.

Eben!

Das muss sie erst mal überleben.

Mach dir deswegen keine Sorgen, schreibt Jonathan zurück. *Teo hat doch jetzt selber eine Katze. Er wird Missie H. schon nicht quälen.*

Schön, dass du dir da so sicher bist.

Bin ich nicht, gibt Jona zu. *Aber deine Mutter ist schließlich auch noch da. Sie ist eine ebenso große Tierfreundin wie du und wird garantiert nicht zulassen, dass dein Bruder deinem Kätzchen etwas antut.*

Und wenn ihr trotzdem was passiert?, entgegne ich. *Sie könnte überfahren oder von einem Bussard getötet werden oder …*

Allein bei dem Gedanken steigen mir die Tränen in die Augen.

Stimmt, bestätigt Jonathan auch noch. *All das könnte passieren. KÖNNTE! Und zwar völlig unabhängig davon, ob du in ihrer Nähe bist oder nicht.*

Ich weiß, dass er recht hat. Und trotzdem: Wenn Missie H. während meiner Abwesenheit etwas zustößt, hätte ich das Gefühl, sie im Stich gelassen zu haben. Moms ist die meiste Zeit im *Dress 'n Veggies* und Teo würde sich niemals so um sie kümmern wie ich. Wahrscheinlich würde er nicht mal zum Tierarzt fahren, wenn sie krank oder verletzt wäre.

Nimm sie doch einfach mit, schlägt Jona plötzlich vor.

Ein warmer Sprudelregen blubbert durch meine Brust. Wusste ich's doch: Mein bester Kumpel hat das Herz eben doch auf dem rechten Fleck.

Hat dein Vater euch nicht einen Transportkorb für Teos Kater geschenkt? Darin könnte Missie H. nämlich ganz bequem an die Nordsee reisen. Und dort lässt du sie dann, bis du aus dem Wildcamp zurückkommst. Deine Oma wird ganz bestimmt gut auf sie achten.

Diese Zeilen erscheinen auf dem Display, ehe ich Jonathan für diesen genialen Einfall danken kann, und jetzt fliegen meine Finger geradezu über die Buchstaben. *Mann, du bist echt super! Ich könnte dich knutschen! <3 <3 <3*

Dass es eventuell nicht so gut war, Jona so etwas zu schreiben, fällt mir blöderweise erst ein, als die Nachricht bereits an ihn unterwegs ist. Doch zum Glück reagiert er ganz lässig.

Knutschen … aha … das ist ja ganz was Neues ^^. Aber zugegeben: mir geht es manchmal auch so mit dir … jetzt bloß nicht in den falschen Hals kriegen :P

Nur keine Panik, erwidere ich, und ich spüre, wie sich ein Grinsen der Erleichterung auf meinem Gesicht ausbreitet. *Und wo wir schon mal dabei sind: Eigentlich müsstest du mir jetzt doch noch von deinem Dings erzählen. Finde ich jedenfalls. Vielleicht habe ich für dich auf die Schnelle ja auch so einen ultragenialen Tipp.*

Diesmal reagiert Jonathan nicht gleich.

Das ist lieb von dir, Em, schreibt er, nachdem ich mein Smartphone eine Weile superkonzentriert angestarrt habe und mich dabei fast selbst hypnotisiert hätte. *Aber es ist nun mal einfach kein Thema für auf die Schnelle. Ich möchte richtig mit dir darüber reden und nicht einfach so auf WhatsApp oder am Telefon. Okay?*

»Na gut«, murmele ich und schicke Jona ein *:-(:-)*.

Bis bald, Em, antwortet er daraufhin. *Genieß die Ferien mit deiner Oma, deinem Vater und mit Anna. Und drück mir die Daumen für den Wettkampf. :-)*

Mach ich, verspreche ich.

Es fällt mir schwer, mich von Jonathan zu verabschieden, und nachdem mich sein drittes *Tschüssi, bis bald* erreicht hat, halte ich das Smartphone noch eine ganze Zeit lang fest umklammert. Es fühlt sich so schön warm an! Obwohl ich weiß, dass diese Wärme von meiner eigenen Hand stammt, versuche ich mir einzubilden, dass sie zumindest ein kleines bisschen auch mit meinem besten Kumpel und unserer Freundschaft zu tun hat.

Seitdem wir uns kennen, sind wir noch nie so lange so weit voneinander getrennt gewesen, wie es in den nächsten zwei Wochen der Fall sein wird. Bisher konnte ich nahezu immer, wenn mir etwas auf der Seele lag oder mir einfach bloß der Sinn danach stand, bei Jona vorbeischneien oder mich mit ihm auf dem Skateplatz treffen. Jetzt bleibt mir erst mal nur WhatsApp. Das ist natürlich mehr als nichts, aber es ist eben auch nicht das echte Leben. Würde dieser BMX-Wettkampf nicht ausgerechnet in diesen Herbstferien stattfinden, wäre ich nämlich nächsten Donnerstag mit Jona ins Wildcamp gefahren. Oh Mann, darüber darf ich gar nicht nachdenken!

Andererseits werde ich diese Zeit jetzt eben mit Anna verbringen, und das ist mindestens genauso gut.

Ganz automatisch finden meine Finger bei WhatsApp ihren Kontakt, aber leider ist meine Freundin nicht online.

Ich überlege, ob ich ihr eine Nachricht schicken soll, beschließe dann aber, sie lieber direkt anzurufen. Doch leider meldet sich nur die Mailbox und mit der will ich mich auch nicht unterhalten. Also entscheide ich mich für das gute altmodische Festnetz. Und Überraschung: Es bimmelt nicht mal ein ganzes Mal, da ist bereits Annas ältere Schwester am Apparat.

»Ja, hallo, hier ist Sarah Gerlach«, flötet sie mir ins Ohr, als sie jedoch schnallt, dass nur ich am anderen Ende bin, schlägt ihr Tonfall augenblicklich um. »Mann ey!«, schnauzt sie mich an. »Wieso müsst ihr Küken eigentlich ständig die Leitung verstopfen?«

»Ähm …«, sage ich irritiert. »Kann ich bitte Anna sprechen?«

»Nein.«

»Und wieso nicht?«

Sarah gibt ein lautes Stöhnen von sich, das sogar einem Küken wie mir unmissverständlich klarmacht, dass dies eine ultradämliche Frage gewesen ist.

»Weil ich einen absolut dringenden Anruf erwarte.«

»Ist dein Handy etwa kaputt?«, frage ich verwundert.

»Wie kommst du denn darauf?«, blafft Sarah.

»Weil du seit mindestens zwei Jahren schon nicht mehr übers Festnetz telefonierst«, entgegne ich.

Das weiß ich nämlich von Anna, die kein eigenes Zimmer hat, und abwechselnd bei Sarah und der knapp neunjährigen Lea wohnen muss.

»Ich telefoniere, wie es mir passt«, erklärt Sarah mir. »Und wenn ich Lust aufs Festnetz habe, dann habe ich das eben. Versuch es doch selber übers Handy. Ist sowieso billiger. Wegen der Flatrate.«

Danke für den Hinweis, das weiß ich auch!, denke ich, sage aber: »Sie geht nicht ran.«

»Ist das mein Problem?«

»Nein, aber …«, beginne ich, doch Sarah lässt mich nicht ausreden.

»Ich habe weder Lust noch Zeit, mich mit dir über einen solchen Kinderkram auseinanderzusetzen«, fährt sie dazwischen. »Die ganze Zeit, während ich mit dir dieses sinnlose Zeug berede, will hier jemand anrufen …«

»Ach, du bist Hellseherin«, falle ich jetzt ihr ins Wort.

Sarahs Verhalten geht mir ganz schön auf den Senkel, und ehe ich sauer werde, versuche ich es besser erst mal mit Ironie. Aber das kommt leider auch nicht an.

»Quatsch!«, faucht sie. »Das hört man an den Vibrationen.«

»Hä? Was für Vibrationen?«

»Na, diese Spannungsvibrationen«, gibt sie ungeduldig zurück. »Manchmal klingelt es auch.«

Ich fürchte, das Einzige, was hier gerade vibriert und klingelt, sind die Schaltstellen in Sarahs Gehirn. Und das ist ganz sicher ziemlich ungesund.

»Davon verstehst du sowieso nichts«, eröffnet sie mir jetzt. »Das ist nämlich Physik und Stoff der Mittelstufe.«

Tja, wenn das so ist …

»Warum sprichst du dann überhaupt mit mir?«, frage ich. »Wenn du mir Anna direkt gegeben hättest, könnte die Leitung längst wieder frei sein.«

»Ich kann dir Anna nicht geben«, pflaumt sie mich an. »Weil die nämlich gar nicht hier ist.«

Ach ja?

»Und weißt du zufällig, wo …«

»Ja, weiß ich«, knurrt Sarah. »Sie hat nämlich vorhin angerufen und gesagt, dass sie heute erst gegen halb acht nach Hause kommt, weil sie bei ihrer neuen Freundin zu Abend isst.«

Auf nach Norden!

Ich habe gekocht vor Wut und ziemlich schlecht geschlafen, aber ich habe es nicht noch einmal bei Anna versucht. Mit dieser neuen Freundin kann eigentlich nur Pferde-Laura gemeint sein, ein Mädchen, das Anna über den Chat kennengelernt hat und das zufälligerweise ganz in ihrer Nähe wohnt. Keine Ahnung, warum sie mir gestern nicht erzählt hat, dass sie noch mit der verabredet ist. Eine solche Heimlichtuerei sollte es unter besten Freundinnen eigentlich nicht geben, finde ich, aber das hat Anna ja noch nie so genau genommen.

Inzwischen ist es zwanzig vor eins. Meine Reisetasche und mein Rucksack sind gepackt, mein geliebtes altes, schwarz lackiertes Skateboard lehnt startbereit an der Wand neben meiner Zimmertür. Ich hocke schon seit einer halben Ewigkeit im Schneidersitz auf dem Boden vor meinem Bett und kraule Missie H.'s weiches Fell. Die kleine Mieze hat sich in meinen Arm gekuschelt. Sie hat die Augen geschlossen und schnurrt leise. Direkt vor mir steht der geöffnete Katzentransportkorb, den ich weich mit Zeitungspapier und einem Handtuch ausgepolstert habe.

Eigentlich wollten Moms und Oma Berlin längst hier sein.

Ich habe diesen Gedanken gerade zu Ende gedacht, da höre ich, wie die Haustür aufgeschlossen wird. Nur einen Atemzug später ertönt die Stimme meiner Mutter.

»Emely, Schätzchen, bist du fertig?«

»Ja, klar«, murmele ich, setze Missie H. behutsam in den Transportkorb und schließe die Gittertür. Wahrscheinlich habe ich schon eine Schimmelschicht auf dem Kopf und einen Bart, der bis zum Boden reicht.

Ich rappele mich auf, ergreife die Reisetasche und mein Skateboard und trete in den Flur.

Moms kommt mir bereits entgegen.

»Deine Großeltern warten unten im Wagen«, eröffnet sie mir.

»Was? Opa Berlin kommt auch mit?«, frage ich erstaunt.

»Nur bis zum Bahnhof«, erwidert meine Mutter lächelnd und nimmt mir die Tasche und das Brett ab. »Ich denke mal, deine Katze möchtest du selber tragen.«

Allerdings!

Ich flitze in mein Zimmer zurück, schultere meinen Rucksack und hebe den Transportkorb vorsichtig an. Missie H. miaut kläglich und streckt ihre kleinen Pfötchen verzweifelt zwischen den Gitterstäben hindurch.

»Keine Angst, meine Süße«, raune ich ihr zu. »Ich bin ja bei dir. Und du wirst sehen: Es ist alles halb so wild.«

Die Haustür steht sperrangelweit offen und Moms ist bereits mit meiner Reisetasche und dem Skateboard nach draußen verschwunden. Als ich auf Höhe des Garderobenspiegels bin, fliegt plötzlich Teos Tür auf.

Er hat seinen kleinen grauen Hulk-Kater auf dem Arm.

»Was ist?«, fahre ich ihn an. »Willst du jetzt etwa doch mit?«

»Und du?«, knurrt Teo. »Willst du gar nicht Tschüss sagen?«

Ts! Seit wann legt mein Bruder denn Wert auf solche Förmlichkeiten?

»Quäl ihn nicht zu Tode«, sage ich nur und laufe weiter.

»Lässt du Missie H. deshalb nicht hier?«, brüllt er hinter mir her. »Weil du Schiss hast, dass ich sie umbringe?«

»Was denkst du denn!«, zische ich.

»Du bist echt so was von bescheuert!«, brüllt Teo.

Mhm. Ich weiß.

»Soll ich Pops von dir grüßen?«, rufe ich, als ich schon draußen bin.

»Machst du ja sowieso nicht!«, brüllt Teo.

»Scharf kombiniert!«, brülle ich zurück.

Fünf Sekunden später kracht die Haustür hinter mir zu.

»Warum versteht ihr euch eigentlich nicht?«, fragt Oma Berlin, nachdem sie ihre Tweedjacke und ihr Wolltuch an den Haken neben dem Zugfenster gehängt und sich mir gegenüber hingesetzt hat. »Dein Bruder und du?«

Der IC verlässt den Bahnhof und zieht das Tempo an.

»Warum fährst du ohne Opa Berlin an die Nordsee?«, frage ich zurück. »Versteht ihr euch vielleicht auch nicht mehr? … So gut wie früher?«, füge ich hastig an, als ich die hochgezogenen Augenbrauen meiner Großmutter bemerke.

»Was hat denn das eine mit dem anderen zu tun?«, will sie wissen.

»Ähm, na ja«, stammele ich. »Nichts, zumindest nicht direkt.«

»Ich hab schon verstanden, Emely«, erwidert Oma Berlin und schenkt mir ein Lächeln. »Es geht mich nichts an.«

»So habe ich das nun auch wieder nicht gemeint«, stelle ich klar. »Es ist nur ...« Auf der Suche nach einer allgemein- also auch für mich verständlichen Erklärung richte ich meinen Blick auf den schmalen, sauber gewischten Tisch zwischen uns. – Als ob ausgerechnet der mir auf die Sprünge helfen könnte!

»Du kannst mir die Frage nicht beantworten«, übernimmt meine Großmutter stattdessen seine Rolle. »Weil du nicht weißt, warum dein Bruder und du euch ständig in der Wolle habt.«

»Mhm.« Ich nicke. »Genau.«

»Ich nehme an, Teo geht es da ganz ähnlich wie dir«, fährt sie mit ihren Spekulationen fort.

»Keine Ahnung«, erwidere ich schulterzuckend.

Es ist mir auch vollkommen egal. Meinetwegen kann Teo mit einer Gehirnzellenvereiterung herumlaufen. Vermutlich würde es an seinem Geisteszustand ohnehin nix ändern.

»Es interessiert dich nicht«, schlussfolgert Oma Berlin.

Sie schaut ziemlich frustriert aus, was mir beinahe leidtut. Aber schließlich habe ich nicht mit diesem Thema angefangen.

»Können wir vielleicht über was anderes reden?«, frage ich, woraufhin meine Großmutter ihre Lippen kräuselt und mich ansieht, als wollte sie meine allerpersönlichsten Gedanken durchleuchten.

»Ich schau mal nach, was Missie H. macht«, sage ich und tauche unter dem Tisch ab, wo ich den Transportkorb abgestellt habe.

Mein Kätzchen hat sich mittlerweile auf dem Handtuch zusammengeringelt und döst mit halb geschlossenen Augen vor sich hin. Als es mich jedoch bemerkt, ist es sofort wieder auf den Beinen. Missie H. drückt ihr flauschiges Köpfchen gegen die Gittertür und fuchtelt mit einem Pfötchen nach meiner Hand.

Ich schiebe meine Finger zu ihr hinein, um sie zu kraulen, doch sie krallt sich sofort daran fest und beginnt, wie verrückt daran zu nagen.

»Lass das mal«, murmele ich leise kichernd. »Deine winzigen Zähne kitzeln ganz fürchterlich.«

»Weißt du, mein Kind«, ertönt Oma Berlins Stimme zu mir herab, »ich denke die ganze Zeit darüber nach, ob Teo deinetwegen nicht mitgefahren ist ... Oder weil er deinem Vater noch immer so böse ist, dass er ihn nicht sehen mag.«

»Vergiss es«, erwidere ich. »Das gibt nur Beulen im Gehirn.«

Meine Großmutter umfasst die Tischkante und beugt sich zu mir herunter.

»Was hast du gesagt?«

»Nix. Bloß, dass es sinnlos ist, sich darüber den Kopf zu zermartern.«

»Hm.« Oma Berlin schiebt ihre Unterlippe vor. »Er hat dir gegenüber nicht zufälligerweise einmal etwas erwähnt?«

»Nein.«

»Bist du sicher?«

»Ja.«

»Ganz sicher?«

»Mensch, Oma! Teo und ich reden nicht über solche Dinge.«

Jedenfalls nicht mehr. Das funktionierte nur für kurze Zeit, nachdem Pops uns mitgeteilt hatte, dass er ausziehen würde. Und es war auch nicht annähernd so, wie Anna und ich oder Jonathan und ich miteinander reden. So etwas ist mit Teo überhaupt nicht möglich. Vermutlich kommt mehr dabei herum, wenn ich mich mit einer meiner zahlreichen selbst gemachten Mützen unterhalte.

»Es würde mir nämlich nicht behagen, wenn er sich zurückgesetzt fühlt«, sagt Oma Berlin mit besorgter Miene.

»Teo ist doch kein Baby mehr«, gebe ich zurück. »Außerdem hat er selber entschieden, nicht mitzufahren.«

»Das schon.« Meine Großmutter nickt. »Aber leider kennen wir seine Gründe nicht.«

Die braucht mein Bruder auch nicht. In der Hinsicht funktioniert er wie ein Computer: Entweder er will oder er will nicht.

»Dann ruf ihn doch an und frag ihn«, brumme ich.

»Meinst du denn, er wird es mir verraten?«

Ich schüttele den Kopf. »Bestimmt nicht. Aber immerhin könntest du ihm auf diese Weise zeigen, dass er dir nicht gleichgültig ist.«

Argh! Ich fasse es nicht, dass ich das gerade gesagt habe!

»Tja … vielleicht.« Meine Großmutter mustert mich nachdenklich. »Hör mal, Engelchen«, meint sie dann, »möchtest du dich nicht lieber wieder auf deinen Platz setzen?«

Es ist keine Frage, sondern eine dieser fatalen Mischungen aus unmissverständlicher Aufforderung und verzweifelter Bitte, bei denen einem nichts anderes übrig bleibt, als ihnen mehr oder weniger sofort zu folgen.

»Meinetwegen«, maule ich.

Oma Berlin soll nämlich ruhig merken, dass ich es eigentlich vorziehen würde, noch eine Weile auf dem Boden neben dem Transportkorb sitzen zu bleiben und mit Missie H. zu spielen.

»Nimm dein Kätzchen doch einfach auf den Schoß.«

»Was?«, frage ich.

»Ich glaube, du hast mich sehr gut verstanden«, gibt meine Großmutter zurück. »Mir wird die Kommunikation mit dir so jedenfalls allmählich zu anstrengend. Schließlich bin ich kein Schlangenmensch, der sich in alle Richtungen biegen kann.«

Okay. Überredet.

Ich bin gerade im Begriff, die Gittertür zu öffnen, als mich etwas Hartes unsanft am Hintern trifft.

»Ey, was soll denn das?«, fauche ich und wirbele herum.

Auf dem Boden neben mir bemerke ich eine Art Spielzeug-Rennauto mit überdimensional großen schwarzen Rädern, das einen Überschlag rückwärts macht und in einem Affenzahn davonbraust.

Von links nähert sich zögernd ein Paar Kindersneakers.

»Ist das dein Auto?«, frage ich, während ich unter dem Tisch hervorkrabbele.

Erst dann fällt mir auf, dass der kleine Junge keine Fernbedienung in den Händen hält. Außerdem scheint er höchstens zwei oder drei Jahre alt zu sein, und damit aller Wahrscheinlichkeit nach noch gar nicht in der Lage, ein solches Teil zu lenken.

»Auto«, sabbelt er, sieht mich kurz an, und zeigt den Gang hinunter.

»Ja, mein Kleiner, das ist ein tolles Auto, nicht wahr?«, sagt Oma Berlin und wuschelt ihm durch die blonden Locken.

Es gibt nicht viele Fahrgäste in diesem 1. Klasse-Großraumwagen, in dem meine Großmutter unsere Plätze gebucht hat. Fast alle gucken grinsend in die Richtung, in der das ferngesteuerte Ding verschwunden ist.

»Jaaa, ganz tolles Auto ... das fremden Leuten in den Hintern fährt«, knurre ich, lasse den Kleinen vorbeilaufen und trete dann ebenfalls in den Gang.

Die schmale Glastür, die unser Abteil vom Gang trennt, gleitet gerade zu.

»Auto!«, ruft der Kleine empört und stolpert nun etwas schneller weiter.

»Warte mal«, sage ich, hechte ihm hinterher und fasse ihn an der Hand. »Ich glaube, das Auto ist weggefahren.«

Der Junge guckt mich aus großen blauen Augen hoffnungsvoll an. »Tommt dleich wieder?«

Ich werfe einen Blick auf die Glastür und schüttele bedauernd den Kopf. »Nein, aber wenn du magst, darfst du meine Katze streicheln.«

»Au ja!« Der Kleine ist sofort Feuer und Flamme. »Katsche schteicheln!« Er dreht sich einmal um sich selbst und schaut sich nach allen Seiten um. »Katsche wo?«

»Dort unten im Korb«, erwidere ich und deute unter unseren Tisch. »Warte, ich hole sie raus. Aber zuerst sagst du mir bitte, wo deine Mama ist.«

»Hier!«, ruft eine Männerstimme.

Ein paar Reihen weiter vorn lugt das Gesicht eines relativ jungen Typen hinter einem Sitz hervor. Er hat halblange dunkelblonde Haare, einen Sechstagebart und ebenso große blaue Augen wie sein Sohn. Ich schätze ihn auf knapp über zwanzig und er ist mir auf Anhieb total sympathisch.

»Die Mama haben wir allerdings zu Hause gelassen«, meint er lächelnd.

»Alles klar«, sage ich, lächele zurück und wende mich wieder dem Jungen zu. »Wie heißt du denn überhaupt?«

»Pomas«, gibt er bereitwillig Auskunft.

»Nein, nein, der Tomas bin ich«, stellt sein Vater klar. »Er heißt Bjarne. Aber das kann er noch nicht aussprechen.«

»Pane«, plappert der Kleine sofort nach. »Pane und Pomas. Papa Pomas. Pane Katsche schteicheln«, fordert er dann.

»Na, du weißt aber genau, was du willst«, sagt Oma Berlin. »Und Angst vor fremden Leuten hast du wohl auch nicht?«

Bjarne schüttelt den Kopf und wiederholt mit ernstem Gesicht: »Katsche schteicheln.«

»Aye, aye, Sir!«

Ich schlage mir mit der Handkante gegen die Stirn und tauche dann gleich unter dem Tisch ab. Missie H. tapst mir entgegen, kaum dass ich die Gittertür geöffnet habe. Ich hebe sie auf meinen Arm und setze mich mit ihr auf meinen Platz.

»Katsche!«, stößt Bjarne begeistert aus und vergräbt seine kleinen Patschhände in ihrem Fell.

Missie H. faucht und haut mit ihren Pfoten nach ihm.

»Sei bloß vorsichtig«, ermahnt meine Großmutter ihn. »Sonst kratzt sie dich noch.«

»Das tut sie nur, weil du ihr wehtust«, erkläre ich dem Kleinen, woraufhin dieser seine Finger umso fester in Missie H.'s Pelz krallt.

Mein Kätzchen faucht noch einmal und ich spüre, dass auch ich so langsam sauer werde.

»Schluss jetzt, Bjarne!«, ruft Papa Tomas. Einen Atemzug später steht er neben uns und fasst seinen Jungen bei den Armen. »Sieh nur, das Rennauto ist wieder da!«, ruft er und weist den Gang hinunter.

»Autooo!«, kreischt der Kleine und stampft vergnügt mit den Füßen.

Behutsam löst Tomas Bjarnes Finger aus Missie H.'s Fell und zieht ihn zu sich herum.

Im selben Moment rast der seltsam aussehende, ferngesteuerte Rennwagen an uns vorbei.

»Eine Unverschämtheit ist das!«, meckert ein älterer Mann, der mit seiner Frau zwei Reihen weiter hinten sitzt. »Erstens ist das hier kein Spielplatz und zweitens dürftest du ja wohl schon ein bisschen alt für einen solchen Kinderkram sein.«

»Keine Sorge, ich bin gerade erst dreizehn geworden«, erwidert eine etwas raue Jungenstimme. »Das geile Teil hier ist mein Geburtstagsgeschenk.«

»Sei mal nicht so frech«, weist die Frau des älteren Mannes den Jungen zurecht. »Sonst rufen wir den Schaffner.«

Neugierig drehe ich meinen Kopf in die Richtung, aus der die Jungenstimme gekommen ist, und zucke unmerklich zusammen, als ich sehe, dass er direkt hinter mir steht: Ein großer schlaksiger Kerl mit langen schwarzen Haaren, die er im Nacken zu einem lockeren Pferdeschwanz zusammengebunden hat. Er trägt ein rotes T-Shirt, auf das ein scherenschnittartiger Drachenkopf aufgedruckt ist, und eine schmale Kette aus kleinen dunklen Perlen um den Hals.

»Nicht nötig«, entgegnet er und in seinen schokoladenbraunen Augen blitzt es übermütig. »Da kommt er schon. Ich hoffe, es macht Ihnen nichts aus, dass es eine Sie ist.«

Tatsächlich nähert sich von der anderen Seite eine Schaffnerin. Sie hat kurze hellbraune Haare und ebenso dunkelbraune Augen wie der Junge mit dem Rennauto.

»Hallo, Tante Isa!«, ruft er und winkt ihr fröhlich zu. »Es gibt mal wieder eine Beschwerde.«

Die Schaffnerin stößt einen langen Seufzer aus und auf ihrem Gesicht spiegeln sich zu gleichen Teilen Belustigung und Verzweiflung wider.

»Tja, also, Finn, dann bist du deinen geliebten Turnator jetzt wohl los«, entgegnet sie. »Wenn du ihn mir bitte aushändigen würdest ... Ich habe nämlich keine Lust, auf meine alten Tage noch auf dem Boden herumzukrabbeln.«

»Och, Tantchen, du bist doch nicht alt!«, erwidert der Junge. Er hebt das Rennauto auf, übergibt es mitsamt der dazugehörigen Fernbedienung der Schaffnerin und grient dabei von einem Ohr zum anderen. »Jedenfalls bist du die hübscheste Tante, die ich habe.«

»Und die einzige«, gibt die Schaffnerin zurück.

Ich senke hastig den Kopf und linse an meiner Seitenponysträhne vorbei, damit diesem Finn nicht auffällt, dass meine Augen wie zwei oberfette Hafties auf ihm kleben.

Unterdessen nimmt Tomas den kleinen Bjarne auf den Arm und trägt ihn zu ihrem Platz zurück.

»Autooo!«, krakeelt der Kleine. »Katsche schteicheln!«

»Oh ja, diese süße kleine Mieze würde ich auch gern mal streicheln«, sagt Finn und plötzlich steht er genau vor mir. In seinem Drachenshirt, verwaschenen Jeans – und roten Chucks! Er strahlt Oma Berlin an, und ehe ich mich versehe, fahren seine Finger durch Missie H.'s Fell und berühren dabei wie zufällig meine Hand.

Abrupt ziehe ich sie zurück.

»Keine Panik, ich beiße nicht«, sagt Finn.

»Klar«, presse ich hervor. »Ist mit Fingern auch wohl kaum möglich.«

»Mhm.« Er lächelt schief und über seiner Oberlippe bildet sich ein Grübchen – an einer Stelle, an der das eigentlich gar nicht möglich ist. »Es sei denn, ich bin Saturnier …«

»Hä?«

Versehentlich gucke ich ihm genau in die Augen und schaue sofort erschrocken wieder weg.

Finn stößt ein leises glucksendes Lachen aus.

»Und ich verfüge auch nicht über hypnotische Kräfte. Du kannst mich also ruhig ansehen …« Sein rechter roter Chucks stupst gegen meinen linken roten. »… Lady Partnerlook.«

»Lass bitte das Mädchen in Ruhe!«, ermahnt ihn seine Tante, nachdem sie die Tickets einiger neu zugestiegener Fahrgäste kontrolliert hat. »Und jetzt möchte ich gerne wissen, wen du sonst geärgert hast«, fügt sie noch etwas energischer hinzu.

»Genau dieses Mädchen hier«, antwortet Finn gleichmütig.

»Mein schlecht erzogener Turnator ist ihr nämlich voll in den Hintern gekracht. Ja, und dann wären da noch diese reizenden Herrschaften dort vorn«, fährt er fort, und ich bin heilfroh, dass er sich endlich von mir abwendet. »Die haben sich aber eher selber geärgert.«

Die Schaffnerin zieht eine Braue nach oben. »Wie darf ich denn das verstehen?«

»Na ja, sie fanden es wohl ein bisschen kindisch, dass ich in meinem Alter noch mit Autos spiele«, erwidert Finn achselzuckend.

»Das würde ich sehr gerne richtigstellen«, wettert der ältere Herr sofort los. »Es geht nicht um das Alter Ihres ... ähm ... Neffen, sondern darum, dass er sein ferngesteuertes Fahrzeug mit hoher Geschwindigkeit durch die Gänge brausen lässt. Ich möchte mir gar nicht vorstellen, was passiert wäre, wenn ich just in dem Moment von meinem Sitz aufgestanden wäre, als dieses alles andere als harmlose Spielzeug ...«

»Ich versichere Ihnen, ich gebe es ihm erst zurück, wenn er bei seiner Mutter angekommen ist und hoch und heilig verspricht, dass es ab sofort nur noch auf privatem Grund und Boden zum Einsatz kommt.«

Der Mann atmet geräuschvoll ein und will gerade zu einer Antwort ansetzen, als die Schaffnerin ihn mit einem weiteren Argument außer Gefecht setzt.

»Und als kleine Entschädigung für den Ärger, den er Ihnen bereitet hat, lade ich Sie beide zu Kaffee und Kuchen in unseren Speisewagen ein.« Sie nickt Oma Berlin und mir zu. »Und das gilt selbstverständlich auch für Sie. Nur die kleine Mieze muss leider hier im Abteil bleiben.«

»Das kommt überhaupt nicht infrage«, zische ich, nachdem die Schaffnerin und ihr unverschämter Neffe endlich verschwunden sind.

»Was denn, mein Engel?«, will meine Großmutter wissen.

»Na, dass ich Missie H. allein hier zurücklasse!«

»Das verlangt ja auch keiner von dir«, erwidert sie. »Ich für meinen Teil werde dem Speisewagen aber einen Besuch abstatten und mir ein schönes Stück Zwetschenkuchen und einen Kaffe genehmigen, der diese Bezeichnung auch verdient hat … Und zwar von meinem eigenen Geld! Ich fand diesen kleinen Finn und sein Rennauto nämlich ganz unterhaltsam«, erklärt sie, während sie sich von ihrem Sitz erhebt. »Du etwa nicht?«, fragt sie und zwinkert mir zu.

»Nein«, knurre ich und spüre, wie mir die Hitze den Nacken hinaufkriecht.

Dieser kleine Finn und sein überaus niedliches Rennauto erinnern mich nämlich viel zu sehr an Teo. Pah! Genau genommen ist mein Bruder sogar ein echter Waisenknabe gegen dieses ultramegaarrogante Exemplar von einem Jungen. Und ich hoffe inständig, dass mir dieser Knabe nie wieder vor die Nase gerät.

»Nun, *ich* werde jetzt jedenfalls besagten Zwetschenkuchen essen gehen«, betont Oma Berlin, nachdem sie mich eine Weile mit ihrem berühmten ich-weiß-genau-was-in-dir-vorgeht-und-vielleicht-überlegst-du-es-dir-ja-doch-noch-anders-Blick gemustert hat.

Am liebsten würde ich ihr klarmachen, dass sie nicht den Schimmer einer Ahnung hat und sich sowieso nicht in mich hineinversetzen kann, aber das würde eh nur weitere nervige

Diskussionen nach sich ziehen. Also lasse ich es, und gebe mich stattdessen der Hoffnung hin, dass sich das Thema während ihrer Abwesenheit ganz von allein erledigt.

»Lass es dir schmecken«, sage ich und versuche ein Lächeln.

»Das werde ich, mein Engel«, versichert Oma Berlin mir und deutet auf ihre Umhängetasche. »Solltest du Hunger bekommen, findest du da drin Brote, Kekse und einen Apfel. Ich nehme nur mein Portemonnaie mit.«

Kurz darauf fällt die gläserne Trenntür hinter ihr zu.

»Puh!«, seufze ich, lege Missie H. in meine Halsbeuge, kuschele meine Wange in ihr warmes, weiches Fell und schließe die Augen.

Schon erscheint Anna auf meiner inneren Kinoleinwand, die mit Pferde-Laura, von der ich ja eigentlich nicht mal weiß, wie sie aussieht, tuschelt und lacht. Und Anna darf sogar auf Lauras Pferd reiten.

Und wenn schon!, kämpfe ich gegen meinen aufflammenden Zorn an. Ich habe Jonathan *und* Anna. Warum also sollte sie nicht ebenfalls noch mit jemand anderem befreundet sein? Schließlich habe ich Anna nicht gemietet.

Und mal ganz abgesehen davon kann man auch nicht alles glauben, was Sarah so von sich gibt. Einen großen Teil spinnt sie sich einfach zusammen. Aus Spaß, aus Langweile oder einfach, weil sie ihr Sprachzentrum nicht immer unter Kontrolle hat.

Trotzdem werde ich mit jedem Gedanken wütender. Und als meine Wutkurve ihren Höhepunkt fast erreicht hat und selbst das leise Schnurren meines Kätzchens mich nicht mehr besänftigen kann, dudelt auch noch mein Handy los. *Ed Sheeran* alias Anna Gerlach.

Ich öffne die Augen, werfe einen kurzen Blick auf die vorbeiziehende Landschaft aus Weiden, Koppeln, Gräben und Gehöften und mache einen tiefen Atemzug. Dann ziehe ich das Smartphone hervor und tippe auf das Verbindungs-Icon.

»Mann, wieso meldest du dich nicht?«, poltert Anna direkt los.

»Hallo erst mal …«, sage ich, frei nach Pops' Lieblings-Comedian Rüdiger Hofmann. »Da bin ich doch.«

»Hast du eine Ahnung, wie oft ich dir schon über WhatsApp geschrieben habe?«

»Nein«, erwidere ich. »Seit gestern Abend habe ich nicht mehr nachgeschaut. Nachdem *ich* versucht hatte, dich anzurufen«, betone ich.

»Ach so«, sagt Anna. »Na ja … da war ich wohl noch bei Laura.«

»Und ich dachte, ihr seht euch nicht mehr«, entfährt es mir.

»Ach, es gab bloß ein paar Tage Funkstille«, meint Anna leichthin. »Keine Ahnung, wieso. Jedenfalls ist jetzt alles wieder okay.«

»Wie schön«, brumme ich.

»Na, du hast ja vielleicht eine Laune«, brummt Anna zurück. »Ich wollte dich fragen, ob du noch rasch vorbeikommen und mir beim Kofferpacken helfen willst. Ich habe viel zu viel rausgesucht, und jetzt weiß ich nicht, was ich wieder zurücklegen soll.«

Haha – typisch Anna!

»Tut mir leid, aber das geht nicht«, sage ich.

»Oh! Gibt's etwa Stress bei euch?«, erkundigt sich meine Freundin bestürzt. »Wegen deinem Vater?«

»Nee, nee«, sage ich. »Ich bin übrigens gerade auf dem Weg zu ihm.«

Für mindestens zehn Sekunden herrscht absolute Stille im Cyberspace.

»Wie jetzt?«, fragt Anna irritiert.

Eine patzige Antwort à la: *Na wie schon? Natürlich mit dem Zug!* liegt mir bereits auf der Zunge, doch ich besinne mich eines Besseren und entscheide mich in letzter Sekunde für eine sachliche Information. Wozu soll ich mich auch mit Anna fetzen – ausgerechnet jetzt vor unserer gemeinsamen Zeit im Abenteuercamp? Die möchte ich nämlich ungetrübt genießen und möglichst viel Spaß haben. Und deshalb halte ich Laura betreffend die Klappe und schlage lieber einen umgänglicheren Ton an.

»Oma Berlin hat Teo und mich gebeten, sie zu begleiten. Sie meinte, dass es gut wäre … sozusagen als Friedenszeichen«, erkläre ich.

»Ach so«, sagt Anna. »Und wie lange bleibt ihr dort?«

»Oma Berlin hat drei oder vier Wochen eingeplant. Du weißt ja: Sie möchte eine Weile ein Auge auf Pops haben«, plappere ich drauflos. »Ich glaube allerdings, dass sie eigentlich testen will, wie gut mein Großvater ohne sie zurechtkommt … Bevor sie auf Weltreise geht.«

»Und was ist mit Teo und dir?«, will Anna wissen. »Wann kommt ihr zurück?«

»Teo ist gar nicht mitgefahren.«

»Okay.« Mittlerweile klingt Annas Stimme ein wenig ungeduldig. »Und wann kommst *du* wieder zurück?«

»Das hängt davon ab, wie es mir in Pops' neuem Zwischendomizil gefällt«, entgegne ich. »Möglich, dass ich morgen schon genug gesehen habe. Vielleicht fahre ich aber auch direkt von dort aus ins Abenteuercamp.«

»Hm«, macht Anna. »Ach so …«

Ihre Enttäuschung ist nicht zu überhören, und plötzlich tut es mir ehrlich leid, dass ich so sauer auf sie gewesen bin.

»Na ja, macht nichts«, setzt sie dann aber mit dem nächsten Atemzug schon wieder sehr viel munterer hinzu. »Dann tue ich mich eben mit Laura zusammen. Stell dir nur vor: Sie hat sich nämlich auch in diesem Camp angemeldet.«

Eine Pension auf Stelzen

Missie H. hat es sich inzwischen auf meinem Schoß bequem gemacht und schläft, und die Landschaft da draußen wird von Minute zu Minute öder und langweiliger.

Das ältere Ehepaar, das sich vorhin über Finn und sein dusseliges Rennauto aufgeregt hat, döst mit geschlossenen Augen vor sich hin und Tomas liest Bjarne leise aus einem Buch vor. Es ist geradezu beklemmend still im Großraumabteil. Dafür tobt in meinem Kopf ein Orkan.

Nachdem ich das Handy-Gespräch mit Anna hastig, aber immerhin einigermaßen würdevoll beendet hatte, habe ich sofort versucht, Jonathan zu erreichen. Nicht dass ich ihm mein Leid darüber, dass Laura-Pferdetussi wieder aufgetaucht war, hätte klagen wollen – nein, verdammt, ich hätte einfach jemanden zum Reden gebraucht!

Aber offenbar war sein Akku leer oder er hatte das Handy gleich ganz abgeschaltet, was bei Jona eigentlich so gut wie nie vorkommt.

Danach habe ich eine geschlagene Viertelstunde den roten Notbremshebel am Ende des Wagens angestarrt, der Verlockung, ihn zu ziehen und den Lokomotivführer zum Umkehren zu bewegen jedoch widerstanden.

»Du hättest zu Hause bleiben und Anna beim Kofferpacken helfen sollen«, murmele ich. »Dieser IC hier ist eindeutig der falsche Dampfer.«

Trotzdem reiße ich mich zusammen, und gebe mir alle Mühe, meiner Großmutter, die in diesem Moment aus dem Speisewagen zurückkehrt, ein möglichst fröhliches Gesicht zu präsentieren. Die Entscheidung, Pops zu besuchen, habe ich ja nun mal selbst getroffen. Oma Berlin war höchstens ein klitzekleines bisschen daran beteiligt.

»Ach, das war herrlich, Emely«, schwärmt sie, während sie sich in ihren Sitz sinken lässt. »Es gab einen sehr leckeren Zwetschenkuchen und ich habe gleich zwei Stücke davon verputzt. Außerdem hatte ich ein anregendes Gespräch mit einer netten Dame meines Alters, die auf der Insel Föhr ein Fischrestaurant betreibt.«

»Das ist toll, Omi«, erwidere ich und hoffe insgeheim, dass besagte Dame meine Großmutter nicht auf irgendeine irrwitzige Idee gebracht hat. »Aber du weißt ja, wie sehr Opa an seinem Schrebergarten hängt, oder?«, füge ich daher sicherheitshalber hinzu.

»Ja, ja, natürlich«, meint sie leichthin und vertieft sich für den Rest der Fahrt lächelnd in ihre Zeitschriften.

Pops entdeckt uns als Erster.

»Hallo, meine Prinzessin!«, ruft er und kommt mit beiden Händen winkend auf uns zugelaufen.

Ich habe meine Reisetasche, mein Brett und den Transportkorb mit Missie H. gerade auf dem Bahnsteig abgestellt und will eigentlich noch rasch Oma Berlins Koffer aus dem

Zug heben, als mein Vater mich in seine Arme reißt und mich einmal im Kreis herumschwenkt.

»Lass mich runter«, zische ich und mache mich so schwer wie ein Haufen Ziegelsteine. »Ich bin doch kein Kleinkind mehr.«

»Ach, Prinzessin, jetzt hab dich mal nicht so«, erwidert Pops lachend. »Dir hat das auch in der Grundschulzeit noch Spaß gemacht.«

»Das ist eine Ewigkeit her«, brumme ich. »Inzwischen bin ich elf …«

Pops fasst nach der Kante meiner Häkelmütze und zieht sie mir ins Gesicht.

»Klar«, witzelt er, »und fast erwachsen.«

»Was man von dir allerdings nicht behaupten kann«, vermeldet Oma Berlin, die ihr Gepäck inzwischen selbst aus dem Zug gehoben hat. »Und jetzt lass bitte meine Enkelin in Ruhe«, sagt sie und rückt meine Mütze zurecht. »Sonst reist sie womöglich morgen schon wieder ab.«

Schlagartig verfinstert sich Pops' Miene.

»Darf ich mich denn nicht einmal mehr freuen?«

»Aber natürlich, mein Schnuckiputzilein«, entgegnet Oma Berlin und kneift meinen Vater zärtlich in die Wange. »Und jetzt gib der Mami brav ein Küsschen.«

»Doch nicht in aller Öffentlichkeit!«, stöhnt Pops genervt und drückt Oma Berlins Arm energisch zur Seite. »Können wir das nicht in aller Ruhe im Hotelzimmer erledigen?«

Meine Großmutter schüttelt den Kopf. »Gleiches Recht für alle«, sagt sie und tippt auf ihre Wange. »Ein Kuss. Sofort! Und bitte genau hierhin.«

Anstatt ihrem Wunsch zu folgen, ergreift Pops Oma Berlins großen Koffer und meine Reisetasche.

»Es muss an der guten Seeluft liegen, dass einige, die hier aussteigen, gleich durchdrehen«, grummelt er, während er sich in Richtung Ausgang in Bewegung setzt. »Offenbar werden bei ihnen Gehirnzellen durchblutet, die längere Zeit schon keine Funktion mehr hatten.«

»So wird es wohl sein«, erwidert meine Großmutter. »Ähm … wie lange genau bist du denn nun eigentlich schon hier?«, erkundigt sie sich dann und zwinkert mir zu.

Pops antwortet nicht. Ich bin mir jedoch hundertprozentig sicher, dass er Oma Berlins Bemerkung ganz genau verstanden hat.

»Kein guter Start«, murmele ich, klemme mir mein Skateboard unter den Arm und umfasse den Griff von Missie H.'s Transportkorb.

Aber okay, viel schlimmer kann es jetzt eigentlich nicht mehr werden. Denke ich zumindest …

Das Hotel, in dem Pops sich für die Dauer der Recherchen für seine Reportage über die im Nationalpark Wattenmeer lebenden Tiere eingemietet hat, ist eigentlich eine Pension mit gerade einmal dreizehn Zimmern. Sie nennt sich *Weitblick* und wie sich herausstellt, ist dieser Name Programm.

Die Pension steht nämlich fast hundert Meter von der eigentlichen Uferlinie entfernt mitten auf einem riesigen Sandstrand, und damit die Gezeiten der Nordsee ihr nichts anhaben können, wurde sie auf ein Holzstelzen-Gerüst gebaut.

»Mann, ist das cool hier!«, jubele ich, setze den Transportkorb und das Skateboard ab und hole mein Smartphone hervor, um die Pension zu fotografieren und gleich anschließend noch ein Selfie mit dem *Weitblick* auf Stelzen im Hintergrund zu machen.

Schau nur, wo ich gelandet bin, whatsappe ich an Jona. *Das ist übrigens nicht das Wildcamp, sondern die Pension, in der mein Vater gerade wohnt ;).*

Anna schicke ich die Fotos ebenfalls. Trotz Laura oder vielleicht auch gerade wegen ihr.

Wäre das hier nicht perfekt für die Sommerferien :-)? Ich hoffe, mein Vater bleibt noch eine Weile! Ich freu mich aber trotzdem schon auf unser großes Abenteuer :-) : <3*

»Wo ist eigentlich deine Brille?«, fragt Pops, dem von der vielen Kofferschlepperei bereits die Schweißperlen auf der Stirn stehen.

»Ooops!«, rufe ich und schiebe das Handy in meine Hosentasche zurück. »Die muss mir wohl von der Nase gerutscht sein!«

»Wie bitte?« Mein Vater sieht mich ungläubig an. »Jetzt sag bloß nicht, du hast sie verloren!«

»Keine Panik«, beruhige ich ihn. »Das war doch bloß ein Scherz. Ich habe sie gar nicht aufgesetzt.«

»Fantastisch«, brummt Pops. »Und wozu hast du sie dann?«

»Vor allem, damit ich erkenne, was unsere Lehrer an die Tafel schreiben«, antworte ich. »Manchmal ist sie auch beim Skaten ganz nützlich. Zum Lesen, Schreiben und Handarbeiten brauche ich sie allerdings nicht. Da stört sie sogar eher.«

Pops brummelt etwas Unverständliches und ächzt Koffer und Reisetasche die breite Holztreppe hinauf. Ich zähle zweimal achtzehn Stufen, bis wir auf einer Art Balkonvorbau landen.

Oma Berlin, die nur ihre Umhängetasche und einen Stoffbeutel zu tragen hat, hält uns die Tür auf und ich trete hinter meinem Vater in einen vom Boden bis zur Decke mit breiten Holzplanken verkleideten Empfangsraum. Der Tresen sieht aus, als wäre er einmal Teil eines echten Schiffs gewesen. In der Außenwand befinden sich große runde, an Bullaugen erinnernde Fenster und in einer Ecke hängt ein riesiges Fischernetz.

»Moin, Moin, Gerti«, begrüßt Pops die Frau mit den kurzen weißblonden Haaren, die am Computer hinter dem Tresen sitzt. »Kann ich bitte …«

»Die Chefin ist leider im Moment nicht da«, unterbricht sie ihn und zuckt bedauernd mit den Schultern. »Sie holt gerade ihren Sohn vom Bahnhof ab.«

»Na, da hätten wir ihn ja fast mitbringen können«, erwidert Pops. Mit einem leichten Stöhnen lässt er den Koffer und die Reisetasche zu Boden sinken und zeigt zuerst auf Oma Berlin und dann auf mich. »Wenn ich vorstellen darf: meine Mutter und meine Tochter. Ich habe die Mekong-Suite und das Kreta-Zimmer für sie reservieren lassen. Ich hoffe, du weißt Bescheid.«

»Natürlich.« Die Frau namens Gerti schenkt ihm ein Lächeln. »Auch wenn wir uns gerade im Umbruch befinden, sind wir bestens organisiert.«

Die *Mekong-Suite* trägt die Nummer 1 und ist tatsächlich eine echte Suite. Sie besteht aus einem großen Wohnraum und einem etwas kleineren Doppelbettschlafzimmer, was Oma Berlin mit einem zufriedenen Nicken zur Kenntnis nimmt. Obwohl die Möbel aus den Achtzigerjahren stammen und schon ziemlich abgelebt sind, findet sie ihr Feriendomizil »wunderbar entzückend komfortabel«. Und daher fällt ihr auch zunächst nicht auf, dass die *Mekong-Suite* am weitesten von Pops' Zimmer entfernt liegt. Seine *Karibik-Insel* hat nämlich die Nummer 13. Um sie zu erreichen, braucht man zwar kein Boot, muss aber eine schmale Treppe hinauf bis unters Dach steigen. An der Tür meines *Kreta-Zimmers* prangt die 11 und bis zu Pops' Insel sind es nur ein paar Schritte über den Gang.

Warum die Zimmer der Pension solch exotische Namen haben, kapiere ich allerdings nicht, denn sie alle sind ähnlich unexotisch eingerichtet.

Das Tollste an ihnen sind die großen runden Fenster und der wirklich absolut sensationell weite Blick über den Strand und das Meer.

Anders als bei uns zu Hause, wo es grau, windig und wolkenverhangen war, muss das Wetter hier den ganzen Tag bereits superschön gewesen sein. Mittlerweile ist es kurz vor sieben und schon fast dunkel draußen. Hier und da funkeln schon ein paar Sterne, doch am Horizont glimmt noch ein orangeroter Streifen, der auch das ziemlich weit zurückliegende Meer in ein wunderschönes Licht taucht.

»Flut ist um Viertel nach elf«, sagt Pops, als wir uns zwanzig Minuten später auf dem Weg zu einem weiteren, circa einen halben Kilometer entfernt liegenden Stelzenhaus gemacht haben. »Spätestens dann stehen wir hier bis zu den Knien im Wasser.«

Meine Großmutter hat inzwischen ihren Koffer ausgepackt und ich habe Missie H. versorgt.

Von Gerti habe ich zwei Schälchen für Futter und verdünnte Milch bekommen, und außerdem eine Plastikschüssel, in die ich ein paar Schaufeln voll Sand gefüllt habe und die ich so zu einem Katzenklo umfunktioniert habe.

»Dann hoffe ich mal, dass ihr beiden Hübschen nachher trockenen Fußes zur Pension zurückgelangt«, erwidert Oma Berlin, die als Einzige von uns Gummistiefel trägt.

Ihre Sorge ist jedoch völlig unbegründet. Das Essen im Stelzenrestaurant wird schnell serviert. Außerdem schließt die *Krabbenkiste* an diesem Abend bereits um halb zehn. Alles scheint perfekt auf die Gezeiten der Nordsee abgestimmt zu sein.

Während wir gegrilltes Schollenfilet, Bratkartoffeln und grünen Salat futtern, erzählt Pops uns von seiner Reporterarbeit.

Nahezu jeden Tag ist er von ganz früh morgens bis zum Mittag mit seinem Biologenkollegen Andreas Freitag und einem Mitarbeiter des Deutschen Naturschutzbundes (kurz NABU) im Naturschutzgebiet unterwegs, um Seevögel zu beobachten und zu fotografieren. Ich lausche gebannt seinen Ausführungen und staune über die unglaubliche Vielfalt. Dass es mehr als hundert Möwenarten gibt, hätte ich nie im Leben gedacht, und natürlich würde ich meinen Vater brennend gern auf seinen Exkursionen begleiten.

»Ja, das wäre toll, aber es wird leider nicht gehen, Prinzessin«, erwidert Pops seufzend. »Jeder, der dieses Areal betreten will, braucht einen guten Grund dafür. Bei Kindern und Jugendlichen könnte das zum Beispiel ein Schulprojekt sein, aber das steht bei dir ja leider nicht an.«

»Schade«, sage ich.

Trotzdem verstehe ich sehr gut, dass nicht jeder nach Lust und Laune im Vogelschutzgebiet herumspazieren kann, denn logischerweise bin ich sehr dafür, dass möglichst viele Ökosysteme erhalten bleiben. Gedankenlos Schaden anrichten (wie zum Beispiel mein lieber Bruder Teo) kann schließlich jeder, und das möchte ich auf keinen Fall!

»Nicht traurig sein, Prinzessin«, sagt Pops und berührt mich sachte an der Hand. »Hm?«

Ich halte einen Augenblick still und sehe ihn an.

»Nee, nee, schon gut«, erwidere ich, ziehe meine Hand langsam weg und lasse sie unter dem Tisch verschwinden.

Es ist komisch, hier, in diesem fremden Restaurant, mit ihm und Oma Berlin an einem Tisch zu sitzen, ohne dass Moms oder wenigstens mein Großvater dabei sind. Es fühlt sich unvollständig an, und mit einem Mal wird mir klar, dass das nicht erst seit heute so ist.

Mensch, Mensch – wie oft haben Teo und ich daheim schon allein mit Pops im *Di Angelo* zu Mittag gegessen! Klar, bisher habe ich immer gedacht, dass das mit dem *Dress 'n Veggies* zu tun hat, weil Moms dort nicht wegkann und so. Aber eigentlich ist das kompletter Blödsinn. Meine Mutter hat genug Mitarbeiter, die ihr sowohl im Laden als auch im Bistro aushelfen. Es wäre also überhaupt kein Problem für sie gewesen, sich hin und wieder über Mittag für eine Stunde von dort loszueisen. Und genauso gut hätte auch Pops ein- oder zweimal in der Woche zum Essen ins *Veggies* kommen können. Denn es ist ja nicht so, dass er vegan überhaupt nicht mag.

»Moms und du … ihr seid eigentlich schon viel länger nicht mehr richtig zusammen, oder?«, frage ich.

Mein Vater legt sein Besteck zusammen und wischt sich mit der Serviette über den Mund.

»Wie kommst du denn darauf?«, gibt er kopfschüttelnd zurück.

»Ach, nur so«, sage ich ausweichend. »Ist ja auch nicht so wichtig.«

Eigentlich hat Moms Teo und mir nämlich genau das bereits gleich nach der offiziellen Trennung zu verklickern versucht, ich habe es nur nicht kapiert. Oder besser gesagt, nicht kapieren wollen.

»Wir können jederzeit darüber reden«, bietet Pops an. »Ehrlich, Prinz…«

»Es ist okay«, würge ich ihn ab.

Oma Berlin stößt einen tiefen Seufzer aus und wischt sich ebenfalls über den Mund. Anders jedoch als mein Vater, der seine Serviette zusammengeknüllt neben sein Besteck hat fallen lassen, faltet sie ihre zusammen und schiebt sie unter ihren Teller.

Pops mustert mich forschend und ich halte seinem Blick tapfer stand.

»Na gut«, meint er schließlich. Seine Gesichtszüge entspannen sich und er wechselt wieder zum Thema Tiere in freier Natur.

»Morgen Vormittag werde ich übrigens nicht ins Vogelschutzgebiet gehen, sondern einen Rundflug über die Seehundbänke machen. Wenn ihr mögt, könnt ihr mich begleiten.«

»Nein, danke«, sagt Oma Berlin. »Vorläufig behalte ich lieber festen Boden unter den Füßen.«

Ich jedoch bin sofort Feuer und Flamme.

Ausnahmsweise (nämlich weil Moms es nicht mitkriegt) darf Missie H. bei mir im Bett schlafen. Nachdem sie eine Weile mit meinen Zehen gespielt hat und ich mich dabei halb zu Tode gekichert habe, schläft sie schließlich erschöpft am Fußende ein. Ich fische mein Handy vom Nachttisch und whatsappe noch ein bisschen mit Jonathan, der mir von dem Skater-Gelände vorschwärmt, auf dem sein BMX-Workshop und der Wettbewerb stattfinden.

Seine Unterkunft ist eindeutig luxuriöser als meine und auf andere Art ebenso cool.

Ich hab schon eine Menge Leute kennengelernt, schreibt er. *Es gibt ein paar ziemliche Angeber hier, aber die meisten sind voll okay.*

Und was macht die Konkurrenz?, erkundige ich mich. *Hast du überhaupt eine Chance?*

Na ja, ich werde mich wohl ganz schön anstrengen müssen, erwidert Jona. *Besonders ein Mädchen hat es voll drauf. Würde man gar nicht glauben, wenn man sie sieht ;-)*

Wieso denn das?, frage ich.

Weil sie so klein und zart aussieht, schreibt Jonathan zurück. *Dabei ist sie ganz schön kräftig. Und was das Beste ist: sie will mir ein paar Tricks verraten.*

Super :-), antworte ich und gebe mir wirklich Mühe, mich für meinen besten Kumpel zu freuen und das komische Gefühl in meiner Brust zu ignorieren.

Leider klappt es nicht besonders gut, und so liege ich noch eine halbe Ewigkeit wach, schaue durch das Fenster in den Sternenhimmel und höre das Meer unter mir rauschen.

Wieso kann dieses BMX-Bike-talentierte Mädchen nicht ein Typ sein? Warum hat Anna nicht geantwortet? Und weshalb, zur Hölle, haben die Zimmer in dieser Pension solche unpassenden Namen?

Frage Nummer drei ist eigentlich total unwichtig und die Antwort darauf interessiert mich eigentlich auch nicht, aber immerhin hilft mir das Grübeln darüber, die Fragen Nummer eins und zwei in den Hintergrund zu drängen … und irgendwann sogar einzuschlafen.

Ein unerfreuliches Wiedersehen

Es ist zwanzig nach neun, als wir am nächsten Morgen zum Frühstück zusammensitzen. Gerti ist nicht da, dafür bedient uns eine große, schlanke Frau in Moms' Alter. Sie heißt Tanja (Pops nennt sie so) und sie hat kinnkurze, bei jedem Schritt wippende, schwarze Locken und nussbraune Augen.

Ich finde sie sympathisch, obwohl sie das blasse, etwas verschreckt wirkende Mädchen, das ihr beim Servieren hilft, ziemlich herumkommandiert, aber irgendwie versprüht sie trotzdem gute Laune dabei.

»Das ist dann wohl die Chefin«, schlussfolgert Oma Berlin.

Pops nickt. »Tanja ist Innenarchitektin. Sie hat diese Pension vor zwei Monaten von ihrem Onkel geerbt.«

»Na, du weißt aber gut Bescheid«, staunt meine Großmutter.

»Hier wissen alle über alles und jeden Bescheid«, gibt Pops zurück. »Zum Glück. Sonst wäre ich wahrscheinlich niemals auf die Idee gekommen, mich hier einzumieten. Die Pension soll nämlich umgebaut werden und ist eigentlich bis Ende März nächsten Jahres geschlossen.«

»Heißt das, wir sind die einzigen Gäste?«, frage ich.

»Jawohl.« Mein Vater nickt abermals. »Sondergäste sozusagen.«

»Was auch immer das heißen mag«, bemerkt Oma Berlin, fischt ein Mohnbrötchen aus dem Korb und schneidet es auf.

»Das kannst du dir aussuchen«, entgegnet Pops. »Oder besser noch: Versuchen, es herauszufinden, während Emely und ich durch die Lüfte schweben.«

»Ihr werdet euch noch total zerstreiten«, prophezeie ich, als Pops und ich eine halbe Stunde später zum geplanten Rundflug aufbrechen. Natürlich hat er seine obligatorische Fotoausrüstung dabei, und ich ärgere mich ein wenig, dass ich mir die geplante Kamera nicht schon längst gekauft habe.

»Mach dir mal keine Gedanken, Prinzessin«, erwidert er, schlingt mir seinen Arm um den Nacken und drückt mich kurz an sich. »Deine Oma und ich sind schließlich erwachsene Menschen.«

Ach, und die zoffen sich also nie!

»Findest du es denn nicht komisch, dass sie sich hier bei dir einnistet?«, starte ich einen neuen Anlauf. »Ausgerechnet jetzt, wo du und Moms ...«

Das *euch getrennt habt*, bringe ich noch immer nicht so richtig über die Lippen. Könnte ja immerhin sein, dass es gar nicht für immer ist, und deshalb möchte ich es lieber nicht allzu oft so direkt aussprechen.

»Ich glaube, es geht ihr dabei gar nicht um mich«, bestätigt Pops meine Vermutung, dass Oma Berlin in Wahrheit nur das von zu Hause- und meinem Großvater-Wegsein testen will.

»Aber wieso macht sie dauernd so merkwürde Andeutungen?«, bohre ich weiter.

»Was meinst du denn damit schon wieder?«, fragt mein Vater irritiert – und auch ein bisschen genervt.

»Ach, weiß auch nicht«, entgegne ich schnell, bevor er sich womöglich noch aufregt. »Ich habe es ja selber nicht kapiert.«

Das stimmt nur halb, die andere Hälfte hat mit Tanja zu tun und damit, dass Pops als Einziger hier wohnen darf. Aber deshalb muss man ja nicht gleich das Schlimmste befürchten.

»Dann belassen wir es doch dabei, Prinzessin«, meint Pops. Er knufft mich gegen die Schulter und steuert auf die Ausgangstür zu. »Ich habe übrigens noch eine Überraschung für dich.«

»Ach ja?«

Ich bleibe stehen und sehe ihn erwartungsvoll an.

»Wart's einfach ab«, meint er, zwinkert mir zu und öffnet die Tür mit einem kräftigen Schwung.

Ich trete an ihm vorbei auf den Balkonvorbau ins strahlende Sonnenlicht hinaus – und erstarre.

Unten im Sand, nur ein kleines Stück vom Treppenende entfernt, steht Finn und grinst zu mir herauf.

Verdammte Hacke! Wieso kann man sich bestimmte Situationen und Leute nicht einfach wegwünschen? Oder auf Knopfdruck unsichtbar werden?

»Was ist los?«, fragt Pops. »Warum gehst du nicht weiter?«

Ähm ... keine Ahnung ... Vielleicht weil jemand meine Füße an den Holzbohlen festgetackert hat?

»Hast du deine Brille vergessen?«

Ich schüttele den Kopf.

»Na, dann komm«, sagt Pops. »Ich möchte dir jemanden vorstellen.«

Er geht an mir vorbei und federt beinahe so elegant wie der amerikanische Präsident Barack Obama die Treppe hinunter.

Ich folge ihm wie in Trance.

»Das ist Phineas«, meint er und tätschelt diesem bekloppten Finn so enthusiastisch den Rücken, als wäre er ein guter Freund aus alten Tagen.

Äh … wieso Phineas?, liegt es mir auf der Zunge, zu fragen, doch Finn ist schneller.

»Hallo, Prinzessin«, sagt er und grient von einem Ohr zum anderen.

Ich erleide einen Atemstillstand.

»Was fällt dir ein, diesem Kerl zu verraten, wie du mich nennst?«, blaffe ich meinen Vater an, als ich endlich wieder Luft holen kann. »Woher kennst du den überhaupt?«

»Phineas ist nicht *der* oder *dieser Kerl*«, stellt Pops klar, »sondern Tanjas Sohn. Ich habe ihn letztes Wochenende kennengelernt und ihm natürlich von dir erzählt. Schließlich seid ihr im selben Alter.«

Kann gar nicht sein. Ich bin elf. Finn alias Phineas mag äußerlich wie zwölf erscheinen, sein Gehirn ist jedoch allerhöchstens fünf.

»Deinen Kosenamen habe ich ihm gegenüber übrigens nicht erwähnt«, setzt mein Vater eindringlich hinzu. »Der geht im Grunde ja auch niemanden etwas an.«

Dann hat dieser finnische Phineas ihn offenbar gestern bei

unserer Ankunft am Bahnhof aufgeschnappt. Wen wundert's? Pops hat ihn schließlich laut genug hinausposaunt!

»Ich wäre sehr dafür, ihn ganz abzuschaffen«, presse ich zwischen den Zähnen hervor.

»Also, ich finde, er passt zu dir«, meint Finn-wie-auch-immer.

»Ja, klar, so rosa, wie ich angezogen bin«, entgegne ich patzig. »Und mit der goldenen Krone auf dem Kopf.«

»Hmmm ... stimmt.« Er mustert mich mit zusammengekniffenen Augen. »Da ist tatsächlich eine.«

»Du hast sie ja wohl nicht mehr alle!«, fauche ich und stapfe an ihm vorbei auf Pops' Auto zu.

Je weniger ich mit diesem Kindergartenkind zu tun habe, desto besser!

Netterweise öffnet mein Vater die Wagentüren über die Fernentriegelung, sodass ich schnellstmöglich einsteigen kann, und da der Beifahrersitz höchstwahrscheinlich für seinen Kollegen Andreas Freitag reserviert ist, lasse ich mich auf die Rückbank fallen.

Keine fünf Sekunden später erleide ich einen weiteren Atemstillstand, als die gegenüberliegende Tür aufgerissen wird und Finn-Oberpflaume sich kackfrech neben mich setzt.

Ehe ich protestieren kann, ist Pops ebenfalls eingestiegen. Er startet den Motor und fährt los.

Ich drehe mein Gesicht zum Fenster und lasse die Scheibe herunter. Ganz sicher werde ich nicht noch einmal auch nur ein einziges Atom der Luft einatmen, die kurz zuvor durch Phineas' Lungen gekreist ist. (Der Einfachheit halber werde ich ihn einfach Vollidiot nennen.)

»Alles in Ordnung mit dir, Emely?«, fragt Pops besorgt. »Ist dir nicht gut?«

»Sie hat bloß 'n Schock und sollte vielleicht die Beine hochlegen«, antwortet Vollidiot an meiner Stelle.

Hallo! Geht's noch?

»… Oder besser gleich hierbleiben.«

Ich werfe ihm einen gut gewürzten Blick zu. Das könnte dir so passen!

»Was wirklich schade wäre«, meint Pops und strahlt mich durch den Rückspiegel an. »Der Andreas muss heute nämlich ein paar Laborarbeiten erledigen, und da der Flieger vier Sitze hat, dachte ich, es wäre eine gute Idee, Phineas mitzunehmen. Erstens kann ich mich auf diese Weise ein bisschen für Tanjas Hilfsbereitschaft revanchieren, und zweitens ist es so für dich bestimmt noch unterhaltsamer.«

Klar. Und wie!

Mein Vater hätte ihm lieber ein ferngesteuertes Flugzeug schenken sollen!

»Also, ich freu mich«, sagt Vollidiot.

Er hört gar nicht mehr auf zu grinsen.

»Hast du eine Gehirnentzündung?«, zische ich so leise, dass mein Vater es nicht mitkriegt, aber laut genug, dass Vollidiot es ganz sicher versteht. »Oder ist das eine Gesichtslähmung?«

Das Grinsen verschwindet und plötzlich sieht Vollidiot superernst aus.

»Als ich auf die Welt kam, hat mich übrigens niemand gefragt, ob ich Phineas heißen will«, sagt er. »Deshalb nennen mich meine Freunde und alle, die mich mögen Phin. Geschrieben: pe, ha, i, en. Gesprochen: ef, i, en, en.«

Meinetwegen, denke ich und rücke noch ein bisschen näher ans Fenster.

Um zum Flugplatz zu gelangen, müssen wir quer durch den ganzen Ort, da der aber nicht besonders groß ist, dauert die Fahrt zum Glück nicht lange.

Sobald Pops den Wagen geparkt und den Motor abgestellt hat, löse ich den Gurt und springe hinaus. Pe-ha-i-en (gefällt mir irgendwie besser als Vollidiot) lässt sich etwas mehr Zeit, was mir die Möglichkeit gibt, einen einigermaßen erträglichen Abstand zwischen uns herzustellen, den er freundlicherweise auch zu akzeptieren scheint. Wahrscheinlich kann er mich genauso wenig leiden wie ich ihn, zeigt es nur einfach nicht so deutlich. – Feigling!

Nachdem Pops den Wagen verriegelt hat, eilt er an mir vorbei auf den Eingang des schnuckelig kleinen Flughafengebäudes zu.

In der Ferne ertönt ein schnurrendes Motorengeräusch und ich sehe, dass gerade ein Doppeldecker zur Landung ansetzt.

»Das ist unsere Maschine!«, ruft Pe-ha-i-en mir zu.

Super! Wir sind mit *meinem* Vater unterwegs und *er* weiß besser Bescheid als ich.

»Konrad Schiefer ist ein alter Jagdflieger. Ich war öfter schon mal mit ihm in der Luft.«

»Wow!«, stoße ich aus und wirbele zu ihm herum. »Soll ich dich jetzt etwa dafür bewundern?«

»Eigentlich würde es mir schon reichen, wenn du mit mir reden würdest wie mit allen anderen Leuten auch«, entgegnet

Pe-ha-i-en schulterzuckend. »Ich weiß nämlich ehrlich gesagt nicht, was ich dir getan habe.«

»Ach nein? Dann hab ich mich wohl geirrt«, fauche ich, drehe mich wieder um und lege einen Zahn zu.

»Worin?«, will er wissen und erschreckenderweise klingt seine Stimme plötzlich ziemlich nah.

»Dass dein Gehirn erst fünf Jahre alt ist«, knurre ich. »In Wirklichkeit ist es wohl bereits neunundneunzig.«

»Na ja, immerhin hätte sich dann zumindest mein Körper ganz gut gehalten«, meint er, kommt noch näher und grinst mich an.

Mein Herz legt einen ziemlich verkorksten Power Slide hin und schlagartig ist mir klar, warum ich diesen Pe-ha-i-en so hasse.

»Du bist genau wie mein Bruder!«, halte ich ihm entgegen. »Nur ungefähr eine Million Mal schlimmer!«

»Okay«, sagt er, bleibt abrupt stehen und lässt frustriert die Arme sinken. »Jetzt hab ich's kapiert.«

Ein großer Teil des Flugplatzgebäudes besteht aus einem Restaurant, in dem nur ein einziger Tisch von drei Männern und einer Frau besetzt ist. Meinen Vater entdecke ich hier nicht, und so schlüpfe ich in den Gang zurück, hole mein Handy hervor und stelle hoch erfreut fest, dass Anna sich inzwischen gemeldet hat.

*Das ist ja wie in Venedig ^^*, schreibt sie. *Ich beneide dich, Em, ehrlich! Und ja, wir müssen dort unbedingt im Sommer mal zusammen hin!!! :-)*

Tja, du weißt ja auch noch nichts von Pe-ha-i-en, denke

ich, dann wäre dir nämlich klar, wo wir unsere Ferien nun doch ganz bestimmt NICHT verbringen werden!

Mama war übrigens so nice und hat mir 50 Euro geliehen, lese ich weiter. *Damit gehe ich heute den Flohmarkt plündern ;-) Ich schick dir dann nachher ein Beute-Foto. Das Geld krieg ich doch wieder??? Hope so ^^ Ich kaufe auch nur Knöpfe, Bänder, Perlen und Garne, bei denen ich sicher bin, dass sie dir gefallen!!! ****

»Na, dann viel Spaß«, murmele ich. »Du hast ja keine Ahnung, wie gerne ich dabei wäre!«

Ich gucke mir heute übrigens Seehunde aus der Luft an, schreibe ich. *Und schau doch bitte mal nach, ob es neue Einträge auf unserem Blog gibt!!! Bis später dann! ****

Von Jonathan gibt es keine Nachricht und so stecke ich das Handy in meine Jackentasche zurück.

Plötzlich schwingt gegenüber vom Restauranteingang eine Tür mit der Aufschrift TOWER auf und Pops kommt heraus.

»Da bist du ja!«, ruft er. »Mensch, Emely, du hättest mal mit hochkommen sollen. Unsere Maschine ist nämlich gerade gelandet. Das kann man von dort oben aus besonders gut anschauen.«

»Woher sollte ich denn wissen, wo du hingegangen bist?«, erwidere ich und deute auf die TOWER-Tür. »Ich kann ja wohl schlecht einfach da reinplatzen.«

»Doch, doch, Prinzessin, auf diesen kleinen Flugplätzen darf man das durchaus«, meint Pops. »Aber das konntest du natürlich nicht ahnen«, lenkt er sofort ein und sieht dann rechts und links den Gang hinunter. »Ist Phineas noch draußen?«

»Keine Ahnung«, antworte ich gleichgültig.

»Meine Güte, Emely!«

Mein Vater steuert zuerst das Restaurant an und rennt dann zum Eingang zurück.

»Du hättest mir eben sagen müssen, dass er noch ein Kindermädchen braucht!«, rufe ich Pops nach, woraufhin er zu mir herumfährt und mich aus seinen braun-grünen Augen zornig anfunkelt.

»Es reicht jetzt, Prinzessin. Wenn du aus irgendeinem Grund sauer auf mich bist, dann rede mit mir, aber lass es bitte nicht an dem Jungen aus.«

Paff! Bum! Eiskalt erwischt!

Ich schlucke, meine Augen brennen und dann fangen auch noch meine Hände an zu zittern. Alles in mir ist auf Losheulen programmiert. Doch es kommt überhaupt nicht infrage, dass ich dem nachgebe. Nicht jetzt und schon gar nicht hier.

Ich fühle mich wie ein Kaninchen in der Falle, und Pops schnallt natürlich sofort, was mit mir los ist.

»Hey«, sagt er leise und kommt mit offenen Armen auf mich zu. »Es tut mir leid, Prinz…«

Abwehrend hebe ich die Hände. »Gibt's hier irgendwo ein Klo?«

»Klar.« Er deutet aufs Restaurant. »Gleich rechts um die Ecke.«

Ich nicke, renne los und merke schon, wie mir die Tränen in die Augen treten.

Zum Glück gibt es zwei Kabinen. Ich nehme die erste, schließe die Tür hinter mir zu und lasse mich erleichtert auf den Klodeckel sinken. Leider merke ich erst, als ich mit dem

Hintern in der Schüssel hänge, dass er gar nicht runtergeklappt war.

Ich brülle: »Scheiße!« und noch mal: »SCHEISSE!«, dann fange ich an zu lachen. Und erst dann arbeite ich mich aus dem Klobecken heraus.

Meine Jeans ist sowieso klatschnass. Und ob der Pilot alias Kampfflieger mich gleich jetzt oder erst in fünf Minuten umbringt, wenn er erfährt, dass der geplante Rundflug leider buchstäblich ins Wasser fällt, darauf kommt es nun auch nicht mehr an.

Die Frage ist nur, was Pops dazu sagen wird.

Oder Pe-ha-i-en. Seinen Kommentar mag ich mir gar nicht vorstellen.

Dass ich selber schuld bin, ist mir natürlich klar.

Anna würde wahrscheinlich wieder einmal behaupten, dass es einzig und allein daran gelegen hat, dass ich meine Brille nicht aufhatte. Aber das stimmt natürlich nicht.

Ich bin aufgewühlt und traurig, aber ich weiß leider nicht so richtig, wieso. Oder besser gesagt, nur halb. Keine Ahnung. Auf jeden Fall ist mein Sturz in die Kloschüssel das Beste, was mir gerade passieren konnte. Denn jetzt bringe ich es einfach nicht mehr fertig, wütend oder gar eklig und ungerecht sein.

Malheur mit Missverständnissen

Es dauert gefühlte zehn Minuten, bis Pops die Damentoilette von einem Einsatzkommando, bestehend aus einer Putzhilfe und einer Kellnerin (was ich allerdings erst später erfahre), stürmen lässt.

»Hallo! Emely, bist du hier?«, ruft die eine.

Die andere rappelt gleich an der Klinke meiner Kabinentür und befiehlt: »Mach sofort auf! Dein Vater ist in großer Sorge um dich.«

»Das ist nicht nötig«, erwidere ich. »Sagen Sie ihm bitte, dass ich eine neue Jeans brauche und … ähm … eine Unterhose.«

Ein paar Sekunden lang herrscht Stille, dann meldet sich die Energischere zu Wort:

»Alles klar, mein Mädchen, ich gratuliere!«

Sie klingt ziemlich fröhlich, und ich schließe daraus, dass sie das mit den Glückwünschen nur ironisch gemeint haben kann. Dann höre ich, wie die Toilettentür geöffnet wird und Schritte sich entfernen.

»Brauchst du noch irgendwas?«, fragt die andere.

»Nein, vielen Dank«, erwidere ich. »Ich komm schon klar.«

Kurz darauf bin ich wieder allein.

Ich ziehe die Jeans und meinen Slip aus, trockne meinen Hintern und die Oberschenkel mit Klopapier ab und wickele mir anschließend den Rest der Rolle um die Hüften. Das Gefühl halbnackt in einer unbeheizten Toilettenkabine herumzustehen, ist nämlich alles andere als prickelnd.

Ich klappe (absolut bewusst) den Klodeckel herunter und lasse mich vorsichtig – damit mein Papier-Minirock nicht kaputtreißt – darauf nieder.

»Jetzt hör mir mal gut zu, liebe Emely«, murmele ich. Bisher hat das Mit-mir-selber-Reden nämlich fast immer was gebracht. »So geht das nicht weiter mit dir. Gesteh es dir ein oder nicht, aber Pops hat recht: Du bist noch immer traurig, weil er höchstwahrscheinlich nie wieder mit Moms, Teo und dir unter einem Dach wohnen wird. Und weil du kilometerweit aus der Welt bist (selber schuld!!) und niemanden zum Reden hast. (Außer vielleicht Oma Berlin, zumindest könntest du es ausprobieren.) Pe-ha-i-en mag ein eingebildeter Vollidiot oder der größte Lappen unter der Sonne sein, aber er kann ja nun echt nichts dafür, dass deine Eltern sich getrennt haben und deine beiden besten Freunde dir im Moment nur halbwegs zur Seite stehen können.«

Ziemlich viele halbe Sachen in letzter Zeit, denke ich seufzend. Höchste Zeit, daraus wieder ganze zu machen!

»Genau, Em«, rede ich mir zu. »Und das ist nun mal allein dein Ding. Herumzusitzen und zu warten, dass andere sich so verhalten, wie es dir in den Kram passt, ist ja wohl oberhirnrissig. Damit verdirbst du nicht nur dir selbst, sondern auch allen anderen die Laune.«

So ego drauf wie in den letzten beiden Tagen will ich ab

sofort jedenfalls nicht mehr sein. Pe-ha-i-en wird sich noch wundern, wie freundlich Emely Berlin eigentlich ist. Jawohl!

Nachdem ich mich wieder berappelt habe, fängt diese dusselige Klosituation allmählich an, mir auf den Geist zu gehen.

»Mensch, Pops, jetzt beeil dich doch bitte«, flehe ich.

ICH WILL HIER RAUS!

Und meine Welt wieder in Ordnung bringen.

Offenbar hat der große Toiletten-Manitu mich erhört, denn wie auf Kommando wird die Tür zum Vorraum geöffnet. Schritte ertönen und die energische Stimme ruft:

»Hallo Kindchen, bist du wohlauf?«

»Ja, ja, alles gut«, entgegne ich.

»Tut mir leid, dass es so lange gedauert hat, aber dein Vater wurde aufgehalten.«

»Kein Problem«, sage ich. »Hauptsache, Sie haben die Sachen dabei.«

»Aber natürlich! Die Jeans, eine Unterhose und alles andere ebenfalls.«

Bevor ich fragen kann, was dieses *alles andere* denn um Himmels willen sein soll, wird bereits eine Plastiktüte unter der Kabinenwand hindurchgeschoben. Ich öffne sie und mir stockt zum dritten Mal an diesem Vormittag der Atem. Außer einer Jeans und einer dunkelblauen Unterhose befindet sich nämlich noch ein angebrochenes Paket Damenbinden!!! in der Tüte.

Himmel noch mal, was denkt die denn bloß? Etwa, dass ich mir in die Hose gepinkelt habe? Und jetzt gewisse Maßnahmen getroffen werden müssen, falls mir das noch mal passiert?

»Kommst du damit zurecht?«, fragt die andere Frau. »Oder hättest du lieber Tampons?«

Ooops! … Ähm … Nein!

»D-das ist absolut in Ordnung«, stottere ich hüstelnd. »V-vielen Dank.«

»Gut, dein Vater wartet dann im Restaurant auf dich«, erwidert sie.

Ich harre reglos aus, bis das Notfallkommando den Vorraum verlassen hat und die Tür ins Schloss gefallen ist, dann reiße ich mir das Klopapier vom Körper und verteile es gleichmäßig auf Schüssel und Klappdeckeleimer. Anschließend schlüpfe ich in Slip und Jeans, stopfe meine nassen Sachen zu den Binden in die Plastiktüte und entriegele die Kabinentür.

Ich wasche mir die Hände und hole einmal tief Luft, bevor ich hoch erhobenen Hauptes ins Restaurant trete, wo ich von einem Empfangskomitee erwartet werde. Es besteht aus Pops, einer Kellnerin, die ungefähr in Oma Berlins Alter ist (und zu der die energische Stimme gehört), einem älteren Mann mit Brille und Schnurrbart und der Putzhilfe, die wie eine Oberstufenschülerin aussieht und mich mitfühlend anlächelt.

»Es ist alles okay«, verkünde ich, um zu verhindern, dass einer von ihnen peinliche Fragen stellt.

»Wenn du auf den Schreck noch etwas trinken möchtest …« Die Kellnerin zeigt auf ein Glas mit einer gelben Flüssigkeit, das zwischen Pops' Kaffeetasse und einem Stück Apfelkuchen steht. Darin steckt eine einzelne brennende Kerze. »Also noch mal: Herzlichen Glückwunsch!«

Die Oberstufenputzhilfe lächelt noch etwas mitfühlender, während mein Vater fast schon traurig dreinblickt und der Mann mit der Brille sich verlegen über den Schnäuzer streicht.

»Danke«, sage ich und bekräftige noch einmal, dass wirklich und wahrhaftig alles in bester Ordnung ist. »Sie sind alle sehr nett, aber ich habe gerade weder Hunger noch Durst.«

Pops, die Kellnerin und die Putzhilfe nicken verständnisvoll.

»Gut, dann frag ich mal nach, ob wir jetzt starten können«, sagt der Schnurrbartmann, steht von seinem Stuhl auf und verlässt das Restaurant.

»Es ist nicht so, wie du denkst«, schärfe ich meinem Vater ein, als ich endlich mit ihm allein bin.

»So?« Er legt einen Zehneuroschein unter seine leer getrunkene Kaffeetasse und kraust irritiert die Stirn.

»Es gibt nichts zu feiern«, helfe ich ihm auf die Sprünge. »Es sei denn, du findest, dass man eine Kerze anzünden sollte, wenn jemand ins Klo fällt.«

Pops schüttelt ungläubig den Kopf. »*Was* bist du?«

»Na ja … ich habe zu spät gemerkt, dass der Klodeckel nicht runtergeklappt war«, entgegne ich achselzuckend.

»Oh wow!« Mein Vater reckt seinen Daumen. »Ich würde sagen, das ist eine Sechskommanull auf der …« Er bricht ab und beißt sich auf die Unterlippe.

»Sprich es ruhig aus«, ermuntere ich ihn und dann rufen wir beide lachend im Duett:

»… nach oben offenen Emely-Schussel-Skala!«

»Verdammt«, meint Pops. »Das stelle ich mir aber ziemlich unangenehm vor.«

»Ist es«, versichere ich ihm. »Aber man kann es durchaus überleben.«

»Das sehe ich«, sagt er und knufft mich gegen den Oberarm. »Und jetzt lass uns mal einen Zahn zulegen. Ich möchte Herrn Schiefer nur ungern noch länger warten lassen.«

»Heißt das etwa, wir fliegen noch?«

»Natürlich«, erwidert Pops. »Schließlich ist die Maschine bis heute Mittag gebucht.«

Er will gerade seine Hand auf die Klinke der Tür zum Tower legen, als sie geöffnet wird und der Mann mit der Brille und dem Schnauzbart herauskommt.

Wir folgen ihm weiter den Gang entlang zur nächsten Tür, die unmittelbar auf den Flugplatz und zum Hangar hinausführt.

»Wo ist denn eigentlich Phin…eas?«, frage ich, nachdem ich mich in alle Richtungen umgeschaut habe und nirgends einen schwarzhaarigen Jungen in olivgrüner Canvas-Jacke entdecken kann. »Sitzt er schon im Flieger? Welcher ist es überhaupt?«

»Der weiße Doppeldecker dort mit dem blauen Streifen«, sagt Pops und zeigt auf ein Sportflugzeug, das ein wenig abseits des Hangars steht. »Phineas wird übrigens nicht mitkommen.«

»Was?«, hauche ich und spüre richtig, wie mir die Farbe aus dem Gesicht weicht.

Ganz schön verrückt, was so ein Bad in einer Kloschüssel alles bewirken kann! Vor einer Stunde hätte ich mir deswegen wahrscheinlich noch ein Loch in den Bauch gefreut – und jetzt plagt mich das schlechte Gewissen.

»D-das tut mir leid«, stammele ich. »Das wollte ich nicht. Ehrlich, Pops!«

»Ach, ich glaube nicht, dass er sich von deiner Unfreundlichkeit hätte abschrecken lassen«, winkt er sofort ab.

»Und warum hat er es sich anders überlegt?«, höre ich mich fragen, obwohl ich das gar nicht fragen will, weil eine übertriebene Neugier meinerseits eigentlich nur zu unerwünschten Rückschlüssen seitens meines Vaters führen kann.

»Wo ist er überhaupt abgeblieben?«, schiebe ich dann auch noch völlig unkontrolliert hinterher.

»Zu Hause«, erwidert Pops. »Er wollte mich unbedingt dorthin begleiten.«

Oh nein!

»Hast du ihm etwa erzählt, dass ich …?«, frage ich entsetzt.

Mein Vater nickt. »Ja, dass du ein Malheur hattest und eine saubere Jeans brauchtest.«

»Heißt das, er denkt jetzt …«

»Keine Ahnung, was er denkt«, fällt Pops mir ins Wort. »Auf jeden Fall war er sehr hilfsbereit.«

Oh nein! Oh nein! Oh nein! Wie, verflucht noch mal, soll ich denn so meine guten Vorsätze einhalten? Allein bei der Vorstellung, dass Phin in meinen Unterhosen herumgewühlt hat, könnte ich mich tot ins Watt schmeißen.

»Er hat sich sofort bereit erklärt, das Chaos, das deine kleine Katze angerichtet hat, zu beseitigen, damit ich dir möglichst schnell deine Sachen bringen kann.«

»Oh mein Gott! Was hat Missie H. denn gemacht?«, stoße ich erschrocken hervor und schiebe das Bild, wie Phineas sich nicht nur meine Unterhosen, sondern auch alles andere genau ansieht, tapfer beiseite.

»Das Klopapier abgewickelt und im Zimmer verteilt, jede Menge Zierkram aus dem Regal geworfen, Erde aus dem Blumentopf gewühlt, auf den kleinen Läufer gepinkelt«, fängt Pops an aufzuzählen. »Und so einiges mehr.«

Ach, du sch…

»Ich muss sofort nach Hause«, sage ich und mache eine Kehrtwende.

Mein Vater hält mich an der Jacke zurück.

»Kommt nicht infrage!«

»Aber ich kann Phin das doch nicht alles aufräumen lassen!«, protestiere ich.

»Glaub mir, er macht das gern«, entgegnet Pops. »Er war sofort ganz vernarrt in das Kätzchen.«

»Aber …«, beginne ich wieder von vorn, doch diesmal lässt er mich gar nicht ausreden.

»Er wünscht dir viel Spaß«, sagt er und zieht ein kleines schwarzes rechteckiges Ding aus seiner Jackentasche. »Und ich dir auch … Damit«, fügt er hinzu und hält mir das Ding vor die Nase.

»Aber …«, setze ich zum dritten Mal an, als ich registriere, dass es eine Kamera ist.

Eine Sekunde später baumele ich an Pops' Hals.

»Wie cool ist das denn!«, jubele ich, als ich mich wieder von ihm gelöst habe. »Eine Leica im Miniformat! Ich wusste ja gar nicht, dass es so etwas gibt!«

Und während wir uns weiter auf den weißen Doppeldecker zubewegen, erzähle ich Pops, dass ich eh vorgehabt hatte, mir von Oma Berlins Geld eine Pocket-Kamera zu kaufen.

Eine echte Leica hätte ich mir allerdings nie und nimmer leisten können. Zumindest nicht, wenn ich das Geld wie geplant gedrittelt hätte.

Ich freue mich so sehr, dass ich darüber glatt Phineas und alles andere für einen Moment vergesse.

Neben unserem Doppeldecker steht noch ein weiteres Flugzeug. Es ist rot-gelb und erinnert mich an ein Uralt-Modell, das ich mal in einer Zeitschrift auf einem verblichenen Foto gesehen habe. Jedenfalls bin ich froh, dass wir uns nicht damit in die Lüfte erheben.

Konrad Schiefer, der Mann mit der Brille und dem Schnurrbart, steht vor dem Doppeldecker und dreht den Propeller.

»Na, du scheinst ja wieder frisch und munter zu sein«, begrüßt er mich, und prompt fällt mir ein, was Phineas vorhin über ihn gesagt hat, nämlich dass er ein alter Jagdpilot sei – was auch immer ich mir darunter vorstellen soll! Vielleicht, dass er beim Militär war und früher mal Kriegsflugzeuge gesteuert hat. Mittlerweile ist er dafür wahrscheinlich zu alt.

»Ich hoffe, du bist Loopingfest«, meint er jetzt.

Mir sackt das Herz in die Hose, ich versuche dennoch, nicht gleich in Panik zu geraten.

»Mir wäre es am liebsten, wenn Sie einfach geradeaus zu den Seehundbänken fliegen und wieder zurück«, erwidere ich mit möglichst fester Stimme. »So wie ganz normale Boeings oder Airbusse das machen.«

»Ist dir in einem solchen Düsenjet schon mal schlecht geworden?«, fragt der Jagdpilot.

Ich schüttele den Kopf.

»Druck auf den Ohren beim Starten oder Landen?«

»Nö.«

Konrad Schiefer zwinkert mir zu.

»Gut, dann fangen wir mal mit geradeaus an.«

Beklommen steige ich in das Sportflugzeug, das mir plötzlich total winzig und instabil vorkommt, und bin heilfroh, dass Pops sich auf den zweiten Platz hinten neben mich setzt. Am liebsten würde ich ihn anflehen, dass er diesen Herrn Schiefer dazu zwingt, unter allen Umständen auf jede Art von Kunststücke zu verzichten, verkneife es mir dann aber doch.

»Auf ins Abenteuer, Em«, murmele ich mir ultraleise Mut zu.

Das hier ist etwas anderes als Skaten oder Biken.

Jona und Anna sollen stolz auf mich sein. Und ich selber natürlich auch.

Konrad Schiefer wirft den Motor an. Der Propeller beginnt sich zu drehen und das Flugzeug fängt mächtig an zu wackeln und zu schaukeln.

»Ein Düsenjet ist nichts dagegen, oder?«, meint Pops grinsend.

Jaaa, allerdings! Einen Looping möchte ich mit diesem klapperigen Teil jedenfalls nicht fliegen!

Der Jagdpilot hat mittlerweile einen Kopfhörer aufgesetzt und spricht ein seltsames Kauderwelsch aus Deutsch und Englisch in ein Funk-Mikrofon.

»Er bittet den Lotsen im Tower um Starterlaubnis«, erklärt Pops und dann erläutert er mir die wichtigsten Funktionen der Leica, bevor er seine eigene Kamera aus der Fototasche holt.

Der Propeller dreht sich nun immer schneller, das Flugzeug setzt sich in Bewegung und rumpelt über die Wiese auf die asphaltierte Start- und Landebahn zu.

Konrad Schiefer gibt nun richtig Gas und ich spüre, wie ich in den Sitz gedrückt werde. Die Maschine schnurrt über die Startbahn und plötzlich sind wir schneller in der Luft, als ich gucken kann.

Pops fotografiert wie verrückt und auch ich mache meine ersten Aufnahmen: Baumwipfel, Häuserdächer, Kühe, Schafe und Pferde.

Straßen, Siedlungen und Waldstücke werden allmählich kleiner, trotzdem bleibt alles gut erkennbar. Von hier oben kann man Leute dabei beobachten, wie sie ihren Rasen mähen, mit dem Hund Gassi gehen oder sich über den Zaun mit der Nachbarin unterhalten. Das Hinunterschauen und die Beschäftigung mit meiner neuen Kamera lenken mich ab und schon bald denke ich nicht mehr über die Stabilität des Flugzeugs oder irgendwelche Loopings oder andere Luftkunststücke nach.

Es dauert nicht lange und wir erreichen die Küstenlinie. Wir fliegen über den Deich und den Strand hinweg und halten genau auf unsere Stelzenpension zu. Prompt erwische ich mich dabei, dass ich nach Phineas Ausschau halte.

»Achtung!«, ruft Herr Schiefer uns über seine Schulter hinweg zu. »Winke-Winke!«

Ehe ich fragen kann, was damit gemeint ist, wiegt er das Flugzeug bereits sanft über seine Tragflächen hin und her.

»Cool«, sage ich begeistert. »Aber da unten ist doch überhaupt keiner, den wir kennen.«

»Dann sieh mal genau hin«, entgegnet Pops und weist in Richtung Stelzenrestaurant. »Deine Großmutter.«

Die Maschine beschreibt einen Bogen, wodurch sich der Blickwinkel ändert, und da entdecke ich sie auch: Oma Berlin, eingemummelt in eine dicke Jacke und mit einer grünen Strickmütze auf dem Kopf. Sie bleibt stehen, schaut zu uns herauf und winkt wie verrückt mit beiden Armen.

Konrad Schiefer schaukelt den Flieger noch einmal hin und her, und dann geht es weiter aufs Meer hinaus.

Der Himmel ist strahlend blau und klar und man kann richtig weit gucken. In der Ferne mache ich eine Insel aus, auf der ein rot-weißer Leuchtturm steht. Und man erkennt ebenfalls, dass das Wasser total unterschiedlich tief ist. An einigen Stellen schimmert der helle Sandboden durch, an anderen dagegen wirkt das Meer beinahe schwarz. Dadurch, dass die Fenster viel größer sind als bei einem Passagierflugzeug, habe ich das Gefühl, wie ein Vogel mitten in den Himmel hineinzufliegen. Einzelne kleine Wolken scheinen zum Greifen nah und hier und da schimmert der weiße Körper einer unter uns segelnden Möwe im Sonnenlicht.

Ich versuche möglichst viele Eindrücke mit meiner kleinen Kamera einzufangen und auf einmal merke ich, dass die Maschine an Höhe verliert. Der Motor hört sich nun leiser an und im nächsten Moment tauchen lange schmale Sandstreifen unter uns auf, die von Seehunden bevölkert werden.

Die meisten Tiere liegen vollkommen reglos da und sehen aus wie dicke Zigarren. Zwei etwas kleinere Seehunde scheinen eine Art Wettrobben ins Wasser zu veranstalten und ein Stück von ihnen entfernt taucht plötzlich ein runder grauer Kopf an der Oberfläche auf.

»Richtig kleine Seehundbabys gibt es leider erst wieder im nächsten Sommer«, erklärt Pops. »Sie werden nur gut einen Monat gesäugt und sind dann auf sich allein gestellt. So wie die Jungtiere dort unten.«

»Um die müssen wir uns aber keine Sorgen machen«, meint Konrad Schiefer. »Das sind alles kräftige Tiere, die den Winter ohne Probleme überstehen und schon bald selber Junge haben werden.«

Da der Wind günstig steht, können wir ziemlich dicht über die Sandbänke fliegen, ohne die Seehunde zu stören, und Pops und ich fotografieren, was das Zeug hält.

Auf dem Rückweg zieht Herr Schiefer das Flugzeug plötzlich steil nach oben, und ein Schreck jagt mir durch sämtliche Glieder. Einen Lidschlag lang fühle ich mich absolut schwerelos, dann kippt die Maschine zur Seite weg und die Welt beginnt sich um mich zu drehen. Panik erfasst mich, denn zuerst denke ich natürlich, dass wir abstürzen. Mit der einen Hand halte ich die Leica umklammert, mit der anderen kralle ich mich am Sitz fest. Dann spüre ich ein Kitzeln im Bauch und ich sehe, dass auf Pops' Gesicht ein breites Lächeln liegt, während er seine Kamera Richtung Erde hält und munter weiterknipst.

Ehe ich einen Pieps von mir geben kann, braust das Flugzeug ganz normal weiter.

»Und jetzt noch mal zur anderen Seite!«, verkündet unser Jagdpilot.

Und diesmal bin ich ganz entspannt und fotografiere den Himmel-Erde-Überschlag genauso munter mit wie Pops.

Die Hot-Dog-Theorie

Als ich am späten Donnerstagvormittag mit dem IC in Richtung Schwerin aus dem Bahnhof rolle, fühle ich mich ein bisschen wie aus der Welt gerissen. Obwohl ich jeden Abend mit Moms telefoniert habe, kommt es mir so vor, als wäre ich schon ewig nicht mehr zu Hause gewesen. Und ich finde es total ›strange‹ (wie Anna sich in ihrem aktuellen Englisch-Sprech-Wahn wahrscheinlich ausdrücken würde), allein an einen Ort unterwegs zu sein, den ich nicht kenne und der fast genauso weit von meiner Heimatstadt entfernt liegt wie Pops' derzeitiges Domizil.

»Wird schon alles klappen«, murmele ich, lehne mich in meinen Einzelsitz zurück und schließe die Augen.

Außer der Leica hat Pops mir noch ein iPad geschenkt, was ich zuerst gar nicht annehmen wollte, weil ich mich erstens nicht – für was auch immer – bestechen lassen möchte, und es zweitens meinem Bruder gegenüber als unfair empfunden hätte. Dass ich mich mit Teo nicht verstehe, hat nämlich überhaupt nichts mit meinem Gerechtigkeitssinn zu tun!

Aber dann hat Pops mir gesagt, dass er Teo bereits einen größeren Monitor und eine Spielkonsole geschickt hätte, und dass er uns einfach nur eine Freude machen wollte.

»Es ist eine einmalige Sache gewesen«, hat er hoch und heilig geschworen, »und kommt bestimmt so schnell nicht wieder vor.«

»Ach, und was waren dann der kleine Hulk und das ganze Katzenzubehör?«, habe ich grinsend gefragt, woraufhin mein Vater sich nur etwas Unverständliches in den nicht vorhandenen Bart gegrummelt hat.

Nachdem ich nun vier Tage von morgens bis abends mit ihm zusammen gewesen bin, dämmert es mir allmählich, wie es ihm mit der Trennung von uns geht. Nämlich genauso oder zumindest ganz ähnlich wie mir. Wir finden es beide blöd, dass wir uns jetzt nur noch selten sehen und etwas zusammen unternehmen können. Der Unterschied dabei ist und bleibt jedoch: Ich habe es mir so nicht ausgesucht. Im Gegenteil, ich hatte noch nicht mal die Möglichkeit, mich dagegen zu entscheiden, sondern wurde vor vollendete Tatsachen gestellt. Und zwar von ihm!

Wenn es tatsächlich so ist, dass meine Eltern sich schon seit einer ganzen Weile nicht mehr richtig verstanden und anstatt mit Herz und Seele nur noch räumlich zusammengelebt haben, frage ich mich natürlich, warum die Trennung überhaupt sein musste. Sie hätten es doch einfach bei diesem Zustand belassen können!

Pops habe ich das nicht gesagt, weil er sich wahrscheinlich nur aufgeregt hätte, aber ich habe versucht, mit Oma Berlin darüber zu reden. Eine befriedigende Antwort habe ich von ihr aber auch nicht bekommen.

»Glaub mir, mein Kind, es ist besser so«, war alles, was ihr dazu einfiel. »Irgendwann wirst du das verstehen und dich wahrscheinlich schneller mit der Situation arrangieren, als du jetzt glaubst.«

Ja, vielen Dank auch, habe ich gedacht. Keine Ahnung, warum ältere Leute unsereins immer wieder wie Kleinkinder behandeln! Als ob wir nicht richtig hingucken und denken könnten!

Ich bin ziemlich sauer auf sie gewesen, und das hat sie auch gemerkt, beeindruckt hat es sie allerdings nicht. Mannomann, und da soll man sich ernst genommen fühlen!

Zum Glück ist sie meistens allein unterwegs gewesen und hat am Strand oder auf einer der umliegenden Inseln endlos lange Spaziergänge gemacht. Gleich am Sonntag, während Pops und ich in der Luft waren, ist sie mit der Fähre nach Föhr übergesetzt, um ihre neue Zugbekanntschaft und deren Fischrestaurant zu besuchen. Und dort hat sie eine weitere »reizende« alleinstehende Frau kennengelernt, mit der sie sich fortan jeden Nachmittag zum Kaffeeplausch traf.

Die Zeit mit Pops habe ich wirklich sehr genossen, und ich vermisse ihn schon jetzt, obwohl wir uns ja gerade erst verabschiedet haben.

Mit dem neuesten Song von *Rihanna* im Ohr (natürlich habe ich gleich eine coole neue Playlist aufs iPad geladen) und wehem Herzen denke ich an die vielen aufregenden Stunden mit meinem Vater. Mittlerweile erkenne ich über fünfzig verschiedene Seevögel an ihrer Gefiederzeichnung, ihrem Schnabel oder der Form ihrer Flügel, und ich hätte niemals gedacht, dass ich jemals so gut über Wattwürmer und andere ulkige Lebewesen Bescheid wissen würde. Außerdem habe ich supertolle Fotos geschossen, und Pops hat mir gezeigt, wie ich sie mit einem Computer-Bildbearbeitungsprogramm verschönern, verändern oder sogar total verfremden kann.

Der Einzige, der mir seit unserer Rückkehr vom Flugplatz nicht mehr über den Weg gelaufen ist, ist Phin. Mein Zimmer war super aufgeräumt und sauber und Missie H. schlummerte wie ein friedlicher kleiner Unschuldsengel auf meinem Kopfkissen im Bett. Ansonsten war es so, als ob es Tanja Reffzens Sohn nie gegeben hätte. Nicht einmal eine Nachricht hatte er für mich hinterlassen, zum Beispiel, dass er meine Katze ziemlich niedlich findet oder so.

Ich an seiner Stelle hätte es getan. Glaube ich zumindest. Aber wahrscheinlich war er heilfroh, dass er mich los war und mich nicht auch noch stundenlang im Flugzeug neben sich ertragen musste. Woher sollte er auch wissen, dass mein Kloerlebnis mich zum Nachdenken gebracht hatte? Vermutlich wäre es ihm ohnehin egal gewesen. Garantiert hält er mich nämlich für die megaätzendste Stadttussi auf diesem Planeten, und – Hölle noch mal! – keine Ahnung, wieso, aber das wurmt mich.

Mit einem tiefen Seufzer ziehe ich mir die Stöpsel aus den Ohren, stoppe *Rihanna* mitten im Song und klicke die Datei mit meinen Fotos an.

Ich lade drei der schönsten auf mein Handy und schicke sie Jona und Anna.

Wann genau startet eigentlich der Wettbewerb?, frage ich meinen besten Kumpel und meiner Freundin teile ich meine voraussichtliche Ankunftszeit am Schweriner Bahnhof mit.

Sie will dort auf mich warten, sodass wir zumindest die

knappe einstündige Busfahrt bis zum Wildcamp gemeinsam machen können.

Bestimmt wird Anna total aus dem Häuschen sein, wenn ich ihr die Leica zeige, weil jetzt mehr Geld für unser Mützengeschäft übrig ist – zumindest theoretisch. Vielleicht spare ich mir die hundertfünfzig Euro aber auch für den Sommerurlaub auf.

Der Zierkram, den meine Freundin am Wochenende auf dem Flohmarkt ergattert hat, ist auf jeden Fall einsame Klasse: Spitzenborden in Neonfarben, Glitzerbändchen, rautenförmige Perlen aus echtem Glas, Nieten in verschiedenen Blütenformen und eine ganze Kiste voller Stoff- und Wollreste.

Ich freue mich schon total auf unseren ersten Handarbeitsabend im Camp. Anna hat nämlich versprochen, einen Teil dieser neuen Kostbarkeiten inklusive Häkel-, Strick- und Nähnadeln mitzubringen.

Laura und ich sind schon fast da, schreibt sie mir jetzt zurück. *Aber keine Sorge, wir werden uns die Zeit schon vertreiben :-) Bis später ****

»Super«, murmele ich.

Pferde-Laura hatte ich nämlich bereits erfolgreich aus meinem Graue-Zellen-Speicher verdrängt. Aber was soll ich mir jetzt groß einen Kopf um sie machen? Vielleicht ist sie ja richtig nett und ich verstehe mich genauso gut mit ihr wie Anna.

Ich lege das Smartphone zur Seite, stecke mir die Stöpsel ins Ohr zurück und versuche den Rest der Fahrt weder an Laura noch Phineas oder Missie H. zu denken.

Pops und Oma Berlin haben versprochen, sich ausgiebig

um mein Kätzchen zu kümmern. Ganz bestimmt ist Missie H. bei ihnen tausendmal besser aufgehoben als bei Moms, die sich sowieso mehr im *Dress 'n Veggies* aufhält, als zu Hause, oder meinem Bruder, diesem Tierquäler.

Ich gebe mir wirklich alle Mühe, Laura zu mögen, aber ich kann sie leider nicht ausstehen. Bereits den ganzen Weg vom Bahnhof zum Bus plappert sie nur von ihren Pferden. Sie hängt sich bei Anna unter, und sobald ich etwas zu erzählen versuche, fährt sie sofort dazwischen, und weiß entweder alles besser oder wechselt einfach das Thema.

Erst als wir in den Bus eingestiegen sind und unser Gepäck in den Netzen verstauen, wendet Anna sich direkt an mich.

»Hast du dein Skateboard gar nicht dabei?«, wundert sie sich.

»Hmhm, das habe ich bei Pops gelassen«, erwidere ich. »Es war mir einfach zu viel Schlepperei.«

Anna reckt begeistert beide Daumen in die Luft.

»Ich finde, diese Dinger passen auch überhaupt nicht zu richtigen Mädchen«, kommentiert Laura und wirft affektiert ihre aufdringlich nach Kokos riechenden blonden Locken zurück.

Nee klar, *richtige* Mädchen stehen natürlich auf Hoppepferdchen. Sie tragen auch keine Doc Martens oder schwarze Häkelmützen, die mit Silbernieten verziert sind – so wie ich heute.

»Ich find's auch okay, dass Emely ihr Brett nicht mitgenommen hat«, entgegnet Anna. »Manchmal ist sie nämlich ganz schön …«

Jetzt sag bloß nicht *schusselig*, denke ich und werfe ihr einen warnenden Blick zu.

Zum Glück klärt Anna zumindest auf halber Linie.

»… waghalsig.«

»Das stimmt nicht«, widerspreche ich. »Außerdem ist es ganz normal, dass man sich ab und zu auf die Nase legt.«

Meine Freundin quittiert das mit einem Schulterzucken. In dieser Sache werden wir uns wahrscheinlich nie einig werden, und ich rechne es Anna hoch an, dass sie darauf verzichtet, vor Laura einen Streit mit mir zu beginnen.

»Und was ist mit Missie H.?«, fragt sie stattdessen weiter. »Hast du keine Angst, dass dein Vater sie vernachlässigt?«

»Oma Berlin ist ja auch noch da«, winke ich ab. »Zu zweit werden sie das schon hinkriegen.«

»Wer ist denn Missie H.?«, will Laura wissen.

»Emelys Kätzchen«, antwortet Anna an meiner Stelle, dabei wäre das jetzt echt mal eine gute Gelegenheit für mich gewesen, selbst mit Laura ins Gespräch zu kommen, und Anna gegenüber wenigstens so zu tun, als ob ich ihre neue Freundin interessant finde.

»Was für ein bescheuerter Name für eine Katze«, tönt Laura quer durch den Bus, sodass prompt ein paar Leute neugierig zu uns herüberstieren. »Hätte sie die nicht Mimi oder Pinky oder so nennen können?«, fragt sie Anna anstatt mich.

»Das hat sich so ergeben«, sage ich, und obwohl der Kessel bei mir schon mächtig unter Druck steht, schaffe ich es, weder patzig noch wütend zu klingen.

»Zuerst hieß sie nämlich Miss Hinkebein«, fügt meine Freundin erklärend hinzu.

»Was?«, platzt es aus Laura heraus. »Ist die etwa behindert?«

»Nee«, knurre ich, denn ein normaler Tonfall ist jetzt einfach nicht mehr möglich. »Sie wurde angefahren.«

Laura verdreht die Augen, guckt mich aber noch immer nicht an.

»Oh Mann, wie ist die denn drauf!«, stöhnt sie.

Anna wirft mir einen kurzen Blick zu und presst die Lippen zusammen.

Ich an ihrer Stelle müsste jetzt nicht lange überlegen, ich wüsste, was ich täte, nämlich aufstehen und mich auffordern, den Platz zu wechseln. Oder Laura fragen, ob sie einen an der Waffel hat.

Anna macht weder das eine noch das andere, sondern schwenkt auf das Thema Pferde um. Augenblicklich verwandelt Laura sich wieder in einen sprudelnden Wasserfall, schwärmt von ihrem Reitstall, ihrer Superstute *Rapsodie* (Auch ein hübscher Name!) und den vielen Preisen, die sie mit diesem Pferd bereits eingeheimst hat.

Ich setze eine gelangweilte Miene auf, lehne mich zurück und vertreibe mir die restliche Fahrzeit damit, mir auszumalen, wie es in diesem Wildcamp ist und wie lange es wohl dauern wird, bis Anna die Nase voll von Laura hat. Eigentlich kann alles nur besser werden.

Tja, wie sagt Opa Berlin immer so nett: Irren ist menschlich.

Praktischerweise befindet sich die Haltestelle *Bindinger See* direkt gegenüber dem Eingang des Camps, sodass wir unser Gepäck nicht allzu weit zu schleppen brauchen.

Laura hat eine riesige Reisetasche in Pink und einen rosafarbenen Hartschalen-Trolley dabei. Beides scheint ziemlich schwer zu sein, denn bereits nach wenigen Schritten geht ihr Geplapper in unverständliches Schnaufen über, bis sie irgendwann ganz verstummt und schließlich sogar hinter Anna und mich zurückfällt.

»Lustig, dass man hier so mir nichts, dir nichts hineinspazieren kann«, sage ich, als wir an dem unbesetzten Pförtnerhäuschen vorbeilaufen. »Hast du eine Ahnung, wo wir uns melden sollen?«

Anna schüttelt den Kopf.

»Wir nehmen einfach das nächste Gebäude«, schlägt sie vor.

»Ey, jetzt renn mal nicht so schnell!«, ruft Laura hinter uns her, meine Freundin macht jedoch keinerlei Anstalten, sich nach ihr umzudrehen, geschweige denn auf sie zu warten.

»Wen sie wohl meint?«, feixe ich. »Dich oder mich?«

»Jetzt fang du nicht auch noch an«, zischt Anna mir zu. »Laura und ich kennen uns eben noch nicht so lange wie du und ich. Sie hat einfach Schiss, dass sie das fünfte Rad am Wagen werden könnte.«

Klar, und drückt deshalb vorsorglich mir diese Rolle auf. Das nenne ich mal eine soziale Einstellung! Außerdem:

»*Wir* wollten diese Woche zusammen verbringen«, erinnere ich meine Freundin. »Und nicht du, Laura und ich.«

»Falsch«, verbessert Anna mich. »Ursprünglich wolltest du mit Jonathan hierherfahren. Ich bin nur für ihn eingesprungen.«

»Doch nicht *nur*«, widerspreche ich energisch. »Du bist meine beste Freundin. Ich bin genauso gerne mit dir hier wie ich es mit Jona gewesen wäre.«

»Ich weiß«, brummt Anna. »Das ist es ja.«

»Mannomann!«, platzt es aus mir heraus. »Ich kapier einfach nicht, was du schon wieder gegen ihn hast.«

»Gar nix«, sagt Anna. »Ich finde ihn echt okay ... für einen Jungen«, setzt sie hinzu. »Aber darum geht es doch überhaupt nicht.«

»Dann erklär's mir!«

»Nee, tu ich nicht.«

So langsam platzt mir der Kragen.

»Wieso denn nicht?«, pflaume ich Anna an.

»Tja, wenn du nicht selber drauf kommst ...«, erwidert sie schnippisch.

»Mensch, Anna!«

Sie guckt mich an und gleich wieder weg.

»Was denn?«, fragt sie genervt.

»Streitet ihr etwa?«, schnauft Laura hinter uns.

Ihre Stimme klingt auf ziemlich fiese Weise hoffnungsvoll. Aber immerhin hat sie mich diesmal mitangesprochen. Ich beschließe, das positiv zu sehen. Die Alternative wäre, direkt vor ihrer Nase zu explodieren, aber das käme wahrscheinlich nicht so gut an.

»Was meint ihr?«, schalte ich also auf fröhlich um. »Sollen wir da reingehen und fragen, wo wir uns anmelden können?« Ich deute auf ein flaches Holzhaus mit unzähligen quadratischen Fenstern und anschließend auf ein doppelstöckiges rotes Backsteingebäude. »Oder lieber dort?«

Anna antwortet nicht gleich und Laura schaut demonstrativ woandershin.

»Entscheide du«, meint Anna schließlich.

»Okay.« Ich rücke die Träger der Reisetasche auf meiner Schulter zurecht und steuere auf das Holzhaus zu, denn ich finde, es sieht ziemlich einladend aus.

Kaum habe ich mich in Bewegung gesetzt, sehe ich aus dem Augenwinkel, wie Laura den Weg zum Backsteinhaus einschlägt.

Anna zögert nur kurz, dann zuckt sie die Achseln – und folgt Laura!

Es tut verdammt weh. Wie ein Schlag gegen die Brust, der mich ins Taumeln bringt. Einen Moment lang bin ich kurz davor, sämtliches Gepäck fallen zu lassen und loszuheulen oder noch besser, einfach umzudrehen und mit dem nächsten Bus und Zug zu Pops an die Nordsee zurückzufahren. Doch dann besinne ich mich.

Keine Ahnung, ob ich Anna jemals verzeihen kann, und bestimmt wird es kein Spaß, sie jeden Tag sehen oder sogar etwas mit ihr unternehmen zu müssen, aber von dieser oberaffektierten Laura lasse ich mir die Ferien garantiert nicht vermiesen.

Ich straffe also die Schultern und stapfe weiter an einer kleinen Wiese und einem Apfelbaum vorbei auf die Doppelflügeltür des Holzhauses zu. Sie lässt sich ganz leicht öffnen, und von drinnen schallt mir sofort fröhliches Geplapper und Gelächter entgegen.

Ich betrete einen breiten, endlos langen und mit Natursteinen gefliesten Flur, von dem unzählige Türen abgehen. Dazwischen befinden sich niedrige Schuhregale voller Hausschluppen und Wanderstiefel und gleich darüber sind Garderobenleisten angebracht, an denen Jacken, Mützen und jede Menge bunte Schals hängen.

Direkt vor mir auf dem Boden sitzen zwei circa dreizehnjährige Mädchen und begutachten ihre seltsam geformten Schuhe, die ein bisschen wie Gymnastiklatschen mit Klettverschluss aussehen.

»Kann man sich hier irgendwo anmelden?«, frage ich.

Die Mädchen blicken auf und mustern mich neugierig.

»Meinst du für die Klettertour? … Oder ganz allgemein?«, will die mit den kurzen blonden Locken wissen.

»Eher allgemein«, sage ich. »Ich bin gerade erst angekommen.«

»Oh.« Das andere Mädchen, das schulterlange dunkle Haare hat, streicht sich eine quietschorangefarbene Strähne aus dem Gesicht. »Das Büro befindet sich in dem roten Haus gegenüber, aber vielleicht kannst du dir auch erst mal ein Zimmer aussuchen. Die Maria … also, das ist eine von den Betreuerinnen … die ist gerade hier.« Sie deutet über ihre Schulter hinweg den Flur hinunter. »Eins … zwei … drei …«, zählt sie. »Ähm, das vierte Zimmer auf der linken Seite.«

Ich bedanke mich und gehe weiter.

Genau in dem Moment, als ich an besagte vierte Tür klopfen will, schwingt sie nach innen auf, und mit dem nächsten Atemzug stehe ich Maylin aus meiner Klasse gegenüber.

»Emely!«, stößt sie überrascht aus und ihre Augen fangen

an zu strahlen. »Du bist auch hier? Mensch, das passt ja wie Po auf Eimer! In meinem Zimmer sind nämlich noch alle Betten frei.«

Ich starre auf den grünen Filzstiftstrich an ihrem rechten Mundwinkel und brauche nicht mal eine Sekunde für meinen Entschluss.

»Supergerne. Aber ich glaube, zuerst muss ich mich irgendwo anmelden.«

»Komm mit«, sagt Maylin, packt mich am Handgelenk und zieht mich ins Zimmer. »Ich habe meinen Zettel schon abgegeben. Aber die Maria ist gerade hier und hat ein paar Formulare dabei.«

»Die Maria, die Maria … ja, ja«, ertönt es leicht genervt aus der Ecke hinter der Tür. »Die Maria ist immer dort, wo es gerade brennt.«

»Keine Angst, sie ist total nett«, meint Maylin, als sie mein Zögern spürt. »Harsch, aber herzlich«, fügt sie kichernd hinzu und schließt die Tür hinter uns.

Vor dem Bett, das gleich daneben an der Wand steht, kniet eine kräftige Frau mit knallroten, raspelkurzen Haaren und ist gerade dabei, einen Elastikverband um ein Mädchenknie zu wickeln.

»Bei mir brennt nichts«, sage ich. »Ich bin bloß neu hier und …«

»Dort auf dem Schreibtisch liegen die Anmeldebögen«, fällt die Betreuerin mir ins Wort.

Mit einem gekonnten Handgriff faltet sie das Verbandende zu einem Dreieck und steckt es fest. Dann tätschelt sie dem Mädchen, das mit verheulten Augen auf dem Bett sitzt, die

Wange, richtet sich zu ihrer vollen – ziemlich imposanten – Länge auf und wendet sich mir zu.

»Such dir ein freies Bett, in einem Zimmer deiner Wahl und gib das Formular bitte noch vor dem Abendessen im Büro ab«, fährt sie fort und dann tätschelt sie auch mir die Wange. »Wenn's irgendwo zwickt, frag am besten mich.« Sie zwinkert mir zu. »Es gibt aber auch noch eine ganze Menge weiterer hilfsbereiter und ziemlich kompetenter Betreuer in diesem Camp.«

»Aber die sind nicht so cool wie du«, schnieft das Mädchen mit dem Knieverband.

Gespielte Empörung breitet sich auf Marias Gesicht aus.

»Und du, mein Fräulein, legst dich jetzt hin und lauschst ein bisschen der Musik oder meinetwegen auch einem Hörbuch, wenn es nicht zu aufregend ist«, sagt sie streng. »Und wenn dein Knie in einer halben Stunde immer noch wehtut, schickst du bitte eine deiner Zimmergenossinnen zu mir.«

»Ach, die sind doch alle noch auf der Ponywiese«, erwidert das Mädchen. Eine neuerliche Träne löst sich aus ihrem Auge und tropft auf ihren Pulli.

»Ich schau nach dir«, bietet Maylin sofort an und wirft einen Blick auf ihre Armbanduhr. »Ich zeig jetzt erst mal Emely unser Zimmer und um Punkt acht Minuten nach fünf steh ich wieder hier auf der Matte.«

»Sehr schön.« Maria tätschelt nun auch noch Maylin die Wange. »An dir könnte sich so manch anderer ein Beispiel nehmen.«

»Och, wieso denn?«, winkt meine Klassenkameradin sofort ab. »Das ist doch überhaupt kein Ding.«

»Seh ich genauso.« Maria nickt und mustert Maylin eine Weile nachdenklich, bevor sie sich mit einem kurzen Blick auf das verletzte Mädchen davon überzeugt, dass diese ihren Anweisungen gefolgt ist und sich mit MP3-Stöpseln in den Ohren hingelegt hat. »Ich geh dann mal rüber in die Jungshütte«, sagt sie dann und jetzt sieht sie mich besonders eindringlich an. »Also … falls was sein sollte, und niemand sonst zur Stelle ist, wisst ihr, wo ihr mich findet.«

Die Zimmer sind einfach, aber total gemütlich eingerichtet. Boden, Decke und Außenwände bestehen aus breiten Holzbrettern und die drei Innenwände wurden in fröhlichen Farben gestrichen. In Maylins – und meinem – Zimmer sind sie sonnengelb. Die orange-rot-karierte Bettwäsche und die getupften Vorhänge passen wunderbar dazu und ganz ähnliche Farben finden sich auch in den Stuhlpolstern und den Kuschelkissen auf dem großen Sofa aus hellem Korbgeflecht wieder.

Ich lasse mich auf das Bett neben Maylins plumpsen und fühle mich sofort wohl, doch schon fünf Sekunden später katapultiert meine Klassenkameradin mich mit ihrer Frage in die schmerzhafte Realität zurück.

»Ist Anna gar nicht mitgekommen?«

»Doch«, sage ich und überlege kurz, was und wie ausführlich ich Maylin davon erzählen soll. »Es ist allerdings noch eine Freundin von ihr dabei«, fahre ich schließlich zögernd fort. »Und mit der verstehe ich mich manchmal nicht so gut.«

»Das ist ja blöd.« Maylin setzt sich auf einen der vier Stühle, die mitten im Raum um einen runden Holztisch stehen. Sie zieht die Mundwinkel ein, sodass der grüne Filzstiftstrich nahezu komplett verschwindet, und sieht mich mitfühlend an. »Hat sie diese Freundin denn schon lange?«

»Na ja, nicht ganz so lange wie mich«, antworte ich ausweichend. Ich krame einen Stift aus meinem Rucksack und nehme mir das Anmeldeformular vor, um zu signalisieren, dass ich eigentlich nicht weiter über diese Sache reden will.

Doch Maylin bleibt leider hartnäckig.

»Bist du eifersüchtig?«, will sie wissen.

»Nee«, sage ich, während ich meinen Namen in die oberste Spalte eintrage. »Das ist es nicht.«

»Sondern?«

Ich zucke mit den Schultern. »Weiß ich selber nicht so genau.«

»Aber ich«, erwidert Maylin.

Verdattert sehe ich sie an.

»Na, ist doch ganz logisch«, meint sie. »Weil du länger mit Anna befreundet bist, möchtest du, dass sie sich in wichtigen Dingen auf deine Seite schlägt, stimmt's?«

»Kann sein«, brumme ich und fülle die nächste Spalte aus.

Hoffentlich checkt Maylin nicht, dass sie gerade den Nagel auf den Kopf getroffen hat.

»Dabei ist doch eigentlich Anna das arme Würstchen, das von zwei Brötchenhälften eingeklemmt wird«, versucht sie mir klarzumachen.

»Brötchen sind weich, die klemmen gar nichts ein«, halte ich dagegen und fülle dabei unbeirrt weiter mein Formular aus.

»Stimmt. Du hast recht.« Maylin kratzt sich am Kopf. »Dann willst du also, dass Anna sich herauswindet?«, fragt sie.

»Quatsch! Ich finde nur diesen Hot-Dog-Vergleich ziemlich bescheuert.«

Es platzt viel heftiger aus mir heraus, als ich wollte.

Maylin meint es ja nicht böse. Sie ist lieb und hilfsbereit und lässt sich so schnell nicht unterkriegen. Gerade das hat sie vor ein paar Wochen erst bewiesen, als Julius und ein paar andere aus unserer Klasse über sie hergezogen sind, weil sie ständig auf ihren Stiften herumkaut und sich dabei fast jedes Mal bunte Punkte und Striche ins Gesicht malt.

»Ich nicht«, erwidert sie jetzt. »Ich finde den Vergleich mit dem Würstchen sogar ziemlich passend. Besonders wegen des Hot Dogs. Das ist ein echt guter Einfall von dir gewesen.«

»Das war kein Einfall, May«, seufze ich. »Außerdem ist Anna alles andere als ein Würstchen.«

Und erst recht habe ich keine Lust, ein halbes Brötchen zu sein. *Dumm wie Brot* trifft vielleicht auf Laura zu, aber ganz bestimmt nicht auf mich.

»Können wir jetzt bitte über was anderes reden?«

»Klar doch«, sagt Maylin. Sie zieht die Beine an und umschlingt ihre Knie mit beiden Armen. »Gefällt mir übrigens.«

»Was?«, frage ich irritiert.

»Dass du mich May nennst.«

»Hab ich das?«

»Allerdings«, gibt sie zurück. »Gerade eben.«

Ich zucke die Achseln. »Na ja, du hast doch im Mai Geburtstag, oder?«

Maylins hellblaue Augen werden so groß wie die Knöpfe von Moms' neuem Mantel (und die haben einen Durchmesser von vier Zentimetern – mindestens!)

»*Das* hast du dir gemerkt?«, stößt sie ungläubig hervor.

»Ja … Weil es so gut passt: Mai und Maylin.«

»Oh wow! Könntest du mich von jetzt an bitte immer so nennen?«, bettelt sie.

»Wenn es dich glücklich macht …«

»Das tut es!«

Maylin springt von ihrem Stuhl auf und lässt einen Jubelschrei los. Das ist so typisch für sie, aber eben leider auch peinlich. Als ob ein Teil ihrer Gehirnzellen sich seit der Grundschule nicht weiterentwickelt hätten!

»Krieg dich mal wieder ein«, brumme ich, als plötzlich eine Frauenstimme auf dem Gang vor unserer Tür ertönt.

»So, ihr beiden Hübschen, soweit ich weiß, sind hier noch drei Betten frei.«

»Zwei!«, widerspricht Maylin sofort.

»Wunderbar«, erwidert die Frau. »Das passt doch.«

Im nächsten Moment erscheinen – Anna und Laura! – auf der Schwelle.

»Und wie das passt!«, ruft Maylin und reißt vor Begeisterung die Arme in die Luft.

»Ach, du Kacke.« Laura verdreht stöhnend die Augen. »Wo sind wir denn *hier* gelandet?« Ihr Blick huscht von May zu mir und dann zu Anna, die wie angewachsen neben ihr stehen geblieben ist. »Also, ich such mir was anderes.«

»Da musst du dich leider ein wenig gedulden«, sagt die Frau, während sie an Anna und Laura vorbei ins Zimmer tritt.

Sie hat schulterlange schwarze Haare und ähnlich grüne Augen wie ich. Und sie ist etwas jünger als Maria, außerdem kleiner und ziemlich dünn. Die laute energische Stimme passt jedenfalls überhaupt nicht zu ihr.

»Wieso?«, schnappt Laura.

Geduld scheint offensichtlich ein Fremdwort für sie zu sein.

»Im Moment ist leider nichts anderes mehr frei«, antwortet die Betreuerin.

Auf dem Namensschild, das sie an ihren dunkelgrünen Kapuzenpulli geheftet hat, lese ich den Namen Susanne.

»Erst am Wochenende reisen einige ab«, fährt sie fort. »Wenn du willst, seh ich morgen Vormittag mal im Computer nach, welche Zimmer es betrifft. Eine andere Möglichkeit wäre, dich in der Ponygruppe anzumelden. Die übernachten nämlich im Stall auf dem Heuboden.«

Ich bemerke das kurze Aufleuchten in Annas Augen und ein fieser Stich jagt mir in die Brust. Sofort vertiefe ich mich wieder in meinen Anmeldezettel und tue so, als hätte ich von nix was mitgekriegt.

»Mensch, Laura«, höre ich Anna sagen. »Das ist *die* Idee! Das machen wir!«

»Ts«, kommt es prompt von der zurück. »Ich habe ein echtes Pferd zu Hause, da gehe ich doch in keine Ponygruppe!«

»Gut, dann richtet euch mal hier ein«, erwidert Susanne

ein wenig genervt. »Sollte es euch partout nicht gefallen, erinnert mich morgen bitte noch mal daran, dass ich mich für nächste Woche um eine Alternative kümmere.«

Eine fiese Erpressung

Maylin und ich tragen uns für die ersten beiden Tage zum Küchendienst ein, und müssen daher am nächsten Morgen bereits um halb sieben aufstehen. Ich wache jedoch schon um Viertel nach sechs auf, stelle meinen Handywecker aus und husche zu Maylin hinüber, die ebenso wie Anna und Laura noch im tiefen Schlummer liegt.

Es ist ein schreckliches Gefühl, Streit mit meiner besten Freundin zu haben und gleichzeitig mit ihr und dem Mädchen, das sie ganz offensichtlich lieber mag als mich, im selben Zimmer zu wohnen. Gestern, als die beiden in der Tür standen, habe ich noch gedacht, dass wir uns sehr schnell wieder vertragen würden. Aber Anna hat mich den ganzen Abend über nicht ein einziges Mal angeguckt. Okay, ich sie auch nicht. Allerdings habe ich im Gegensatz zur ihr ja wohl auch allen Grund dazu gehabt.

Bedrückt löse ich mich von ihrem Anblick und wende mich der leise schnarchenden Maylin zu. Ich rüttele sie an der Schulter, zupfe an ihren Fingern und puste ihr sanft in die hellblonden Haare, aber erst, als ich ihr »May! Aufwachen! Küchendienst!« ins Ohr flüstere, schlägt sie abrupt die Augen auf.

»Wo bin ich?«, murmelt sie, sieht mich an, sagt: »Ach so«, und springt mit einem Satz aus dem Bett.

Wir raffen unser Waschzeug zusammen, schlüpfen aus dem Zimmer und hasten nahezu lautlos zum Duschraum am Ende des Flurs.

»Ich finde es bekloppt, dass Anna und du überhaupt nicht miteinander redet«, sagt Maylin, als die Tür hinter uns zugefallen ist.

Sie legt ihren ganzen Kram einfach in eine Ecke auf den Fliesenboden, zieht sich blitzschnell aus und dreht eine der zwölf Duschen auf. Ein dicker Strahl prasselt auf sie herab.

»Uaaah!«, kreischt sie. »Boah, ist das kalt!«

Doch anstatt zur Seite zu springen und warmes Wasser hinzuzumischen, trippelt sie nur wie verrückt auf der Stelle und quiekt wie ein Schwein, das abgestochen werden soll.

»Aber du bist wohl überhaupt nicht bekloppt!«, brülle ich sie an.

»Probier es doch selber einfach mal aus«, erwidert sie lachend. »Zuerst ist es voll der Schock, aber dann macht es total viel Spaß.«

Nee, also ich brauche es warm und gemütlich unter der Dusche, besonders am Morgen. Und am liebsten hätte ich auch eine eigene Kabine. Ich kann es nämlich nicht ausstehen, wenn alle sich anglotzen, die Größe ihrer Brüste vergleichen oder anfangen, ihre Schamhaare zu zählen.

Maylin scheint damit jedoch überhaupt kein Problem zu haben, obwohl sie genauso wenig vorzuweisen hat wie ich.

»Jetzt mach schon!«, ermuntert sie mich. »Danach bist du hellwach … und gesund ist es auch.«

»Nein danke. Ich dusche lieber heute Abend«, erwidere ich und fange an, mir die Zähne zu putzen.

Als ich mit meiner Katzenwäsche fertig bin, dreht Maylin ihre Dusche ab und hüpft zu ihrem Klamottenhaufen. Sie schnappt sich ihr Handtuch und rubbelt sich trocken.

»Nicht miteinander zu reden, obwohl man dick befreundet ist, ist auf jeden Fall bekloppter«, ruft sie mir zu.

»Ich habe nicht damit angefangen«, sage ich, bürste mir die Haare durch und flechte meinen Seitenzopf.

»Dann hörst du eben damit auf«, schlägt Maylin vor. »Oder soll ich mal mit Anna reden?«

»Wenn du das tust, ist es aus mit May«, warne ich sie. »Dann nenne ich dich nie wieder so.«

»Im Ernst?«, fragt sie bestürzt.

»Ja«, knurre ich. »Meine Angelegenheiten regele ich selbst und sonst niemand. Klar?«

»Ist ja schon gut«, erwidert sie hastig und pfeffert ihr Handtuch in das Waschbecken neben meinem. »Du wirst schon wissen, was du tust.«

Dem Handtuch folgen Kulturtasche, Nachthemd und Unterhose.

Ich spare mir einen Kommentar, raffe meine Sachen zusammen und ergreife die Flucht.

Zurück in unserem Zimmer öffne ich die Türen des Kleiderschranks, den Maylin und ich uns miteinander teilen, und schlüpfe eilig in meine Klamotten. Danach hocke ich mich auf mein Bett und checke die Eingänge auf meinem Handy. Als ich sehe, dass Jona geschrieben hat und ebenfalls so früh am Morgen bereits online ist, macht mein Herz einen freudigen Satz.

Das Turnier hat gestern schon begonnen, lautet seine Nachricht. *Und stell dir vor: Ich bin in der nächsten Runde!*

Glückwunsch! Ich bin sooo hammerstolz auf dich!, schreibe ich zurück.

Em!!! Was geht denn bei dir ab? :-), ploppt seine prompte Antwort herein.

Wieso?

Es ist drei Minuten nach halb sieben … morgens!!!

Na und?, erwidere ich. *Bei dir doch auch ;)*

Ich treffe mich gleich mit ein paar Leuten zu einem kleinen Privattraining, erklärt Jona mir.

Siehst du … und ich habe Küchendienst.

Fleißig, fleißig!, lobt er mich. *Oder schleimst du dich etwa bei irgendwem ein?*

Klar, Jona, ganz wie es meine Art ist! ;-)

Sorry, entschuldigt er sich, *das war natürlich nicht ganz ernst gemeint. Außerdem nehme ich mal an, dass Anna mit von der Partie ist.*

Autsch!, entgegne ich. *Du hast gerade eine wunde Stelle getroffen.*

Oh shit! Was ist passiert? :-(

Anna hat eine gewisse Laura im Schlepptau, fange ich an zu tippen und jetzt fliegt mein Finger nur so über das Display. *Die hat ein eigenes Pferd und das findet Anna natürlich ganz toll. Du weißt ja, wie sehr sie auf diese Viecher steht und …*

Viecher???, ploppt Jona dazwischen. *Machst du neuerdings etwa Unterschiede zwischen Tieren und Tieren?*

*Nee, aber mir waren Katzen und Hunde schon immer lieber als Pferde oder Frösche ^^*

Oder Spinnen und Skorpione! Gruaaah!

Okay, kapiert, lenkt Jona ein. *Ich verstehe nur das Problem nicht.*

Ist doch ganz einfach, antworte ich. *LAURA HASST MICH.*

Das ist absoluter Blödsinn, Em!!! Niemand hasst dich. Man kann dich gar nicht hassen!!!

Mir wird ganz warm im Bauch, als ich das lese, und plötzlich habe ich schreckliches Heimweh. Nach Moms, Jona, Missie H. und Pops, nach meiner alles-wieder-normal-Anna und den leckeren Oma-und-Opa-Berlin-Pfannkuchen. – Und ein klitzekleines bisschen sogar nach Teo. Grrr!

*Oder hast DU sie vielleicht zuerst gehasst? ^^*, hakt Jona nach.

Nein!

Also ja!

Mensch, Jona!

Am Apparat ;)

Okay, ich mag sie nicht besonders, gebe ich schließlich zu. *Sie ist nämlich ziemlich eingebildet. Aber ich habe mich echt angestrengt, mir das nicht anmerken zu lassen. Und Laura nimmt Anna so dermaßen in Beschlag, als wäre sie ihr Eigentum.*

Und Anna?, fragt Jona. *Was macht sie?*

Dackelt Laura hinterher. :-(:-(:-(

Dann such du dir eben auch jemand anderes, empfiehlt er mir.

Hab ich schon.

Oh … perfekt :-)

Na ja, das eigentlich nicht gerade, erwidere ich. *Diese andere ist nämlich Maylin aus unserer Klasse. Keine Ahnung, ob ich dir mal von ihr erzählt habe … ???*

Etwa die mit den Filzstiftstrichen im Gesicht?

Genau!, bestätige ich. *May ist total lieb, aber mega-anstrengend.*

Inwiefern?

Ist 'ne ziemlich lange und sehr peinliche Geschichte :P, antworte ich.

Du willst nicht drüber reden?

*Nee, lieber nicht^^*

Na gut, ich muss sowieso jetzt los, schreibt Jona. *Ich will die anderen nicht warten lassen.*

Wie viele sind es denn?, frage ich.

Och, erst mal treffe ich mich nur mit Carolin. Später kommen dann noch ein paar andere dazu.

Dann viel Spaß, wünsche ich ihm und fühle mich hundeelend, weil ich es nicht wirklich ehrlich meine. Diese Carolin ist mir nämlich mindestens so sehr ein Dorn im Auge wie Laura.

»Pfui, schäm dich, Em, du bist ja doch eifersüchtig«, murmele ich, während ich die übrigen Nachrichten durchgehe.

Eine SMS ist von meiner Mutter, die darum bittet, mich heute Abend endlich mal wieder zu Hause zu melden.

»Ich hab dich auch lieb, Moms«, wispere ich. »Und klar, melde ich mich.«

Eine weitere Nachricht stammt von Pops.

Ich schick dir nachher ein paar Fotos, lautet sie. *Also schau einfach in dein E-Mail-Postfach! Und lass uns heute Abend doch mal wieder skypen. Die dreißig Sekunden gestern waren viel zu kurz. Es tut mir sehr leid, dass ich nicht mehr Zeit für dich hatte.*

»Och, kein Thema, Pops, das bin ich inzwischen gewohnt.«

»Sag mal … führst du Selbstgespräche?«, fragt Maylin.

Vor Schreck purzele ich fast vom Bett herunter.

»Ja, stell dir vor«, knurre ich. »Ist eine blöde Angewohnheit.«

Ich blicke auf, und als ich sehe, dass sie splitterfasernackt neben mir steht, krieg ich fast einen Herzinfarkt.

»Bist du etwa so über den Flur gelaufen?«, frage ich entsetzt.

»Klar, wieso nicht? Es wohnen doch nur Mädchen hier«, erwidert sie schulterzuckend, lässt ihre sämtlichen Klamotten vor meinem Bett auf den Boden fallen, und fängt an, sich die Haare trocken zu rubbeln.

»Geht's noch?«, zische ich. »Mach das gefälligst bei dir drüben.«

»Ja, ja, schon gut«, grummelt sie, klaubt ihre Sachen auf und tapst zu ihrem Bett hinüber. »Aber lustig ist es irgendwie schon, dass wir beide so bekloppte Macken haben, oder?«, meint sie grinsend. »Ich mit dem Stiftekauen und du mit dem Mit-dir-selber-Quatschen!«

Ja, sehr witzig, denke ich und raune: »Kannst du jetzt bitte mal die Klappe halten! Sonst weckst du womöglich Anna und Laura auf.«

Im Moment liegen die beiden nämlich noch immer reglos in ihren Betten. Laura mit dem Gesicht zur Wand und Anna wie gewohnt halb auf dem Bauch, halb auf der Seite. »Die dürfen schließlich etwas länger pennen als wir.«

»Verdammt, die beiden hatte ich gerade gar nicht auf dem Zettel«, wispert Maylin. »Geh doch schon mal vor«, meint sie dann, während sie ein wenig hektisch in ihre Klamotten schlüpft. »Ich komme gleich nach.«

Die beiden Mädchen mit den seltsamen Schuhen, die mich gestern zu Maria geschickt haben, sind ebenfalls für den Küchendienst eingeteilt. Sie heißen Kim und Lisa und erzählen May und mir, dass sie sich für die nächsten drei Tage zum Klettern angemeldet haben.

»Diese Schuhe sitzen richtig eng am Fuß, bieten einen guten Halt und sind dabei total bequem und super biegsam«, erklärt Kim.

Sie ist das Mädchen mit den blonden Locken.

»Man kann sie hier ausleihen«, setzt Lisa hinzu. »Wir wissen ja noch gar nicht, ob wir das hinterher weitermachen wollen.«

»Was gibt es hier denn sonst noch so?«, frage ich.

»Oh ja, das würde mich auch interessieren«, sagt Maylin, die gerade einen ganzen Stapel Teller aus dem Regal hievt. Der oberste gerät ins Rutschen und macht sich auf den Weg in Richtung Fußboden.

»Vorsicht!«, rufe ich, lasse meine Hand vorschnellen und bekomme ihn in letzter Sekunde zu fassen.

»Du könntest jonglieren«, meint Kim und reckt anerkennend den Daumen hoch. »Leider wird so etwas in Abenteuercamps nicht angeboten.«

»Wart ihr eigentlich schon öfter hier?«, erkundige ich mich und gehe dabei Maylin zur Hand, damit nicht womöglich doch noch ein Unglück passiert.

»Mhm.« Kim nickt eifrig.

»Und? Was hat euch bisher am besten gefallen?«

»Der Hochseilgarten«, antwortet Lisa sofort. »Die Kanu-Tour war allerdings auch ziemlich cool.«

»Ich würde ja gern das Gelände-Biken ausprobieren«, sagt Kim und stupst ihre Freundin in die Seite. »Aber Lisa traut sich nicht. Sie möchte lieber reiten.«

Prompt muss ich an Anna und Laura denken. Wofür die beiden sich wohl eintragen werden? In die Ponygruppe wollte Laura ja nicht, aber vielleicht gibt es hier auch noch etwas mit richtigen Pferden. Schlagartig sinkt meine Laune dem Nullpunkt entgegen. Aber dann kommt mir plötzlich eine Idee – und schon steigt mein Stimmungsbarometer wieder sprunghaft an.

Das Wetter heute ist so sonnig und spätsommerlich warm, dass Susanne und Carla, die beiden Betreuerinnen in unserem Mädchen-Holzhaus, sich spontan für ein Freiluftfrühstück auf der Wiese hinter der Hütte entscheiden. Dort steht ein großer aus Baumstämmen und dicken Brettern gezimmerter Tisch mit dazugehörigen Bänken.

Bis dorthin ist es eine ganz schöne Schlepperei, aber zum Glück packen noch ein paar ältere Mädchen mit an. Zum Küchendienst gehört nämlich nicht nur das Auf- und Abdecken, sondern auch das Verteilen von Cornflakes-, Honig-, Marmeladen-, Nutella-, Butter- und Frischkäse-Portionen. Nur zu viert würden wir das gar nicht schaffen. Denn spätestens um neun Uhr muss alles wieder picobello aufgeräumt sein.

Unser Haus hat zwölf Zimmer, in denen jeweils vier Betten stehen, und das bedeutet, dass achtundvierzig Leute versorgt werden müssen – inklusive uns selbst versteht sich.

Irgendwie kriege ich das Verteilen so organisiert, dass ich nicht an Anna und Laura vorbeimuss, aber das Getuschel der beiden und die verstohlenen Blicke, die sie mir und Maylin zuwerfen, entgehen mir natürlich trotzdem nicht.

Alle plappern munter durcheinander und dabei schnappe ich im Vorbeigehen auf, dass das Gelände-Biken außerordentlich beliebt und daher bereits komplett belegt ist – zumindest in der Woche, in der ich hier bin. So ein verdammter, blöder Mist! Damit kann ich meine schöne Idee nämlich gleich schon wieder in die Tonne treten.

Als Maylin, Kim, Lisa und ich uns endlich setzen und mit dem Frühstück beginnen können, sind die Ersten bereits fertig und erheben sich von ihren Plätzen. Dabei fällt mir auf, dass ein Gedeck in unserer Nähe unberührt geblieben ist.

»Wer fehlt denn da?«, frage ich Kim, die mir direkt gegenüber sitzt. »Weißt du das?«

»Wahrscheinlich Gesche«, antwortet Lisa an ihrer Stelle. »Die ist gestern vom Pony gefallen und hat sich ganz bös verletzt. Irgendwas mit ihrem Knie. Ihre Eltern haben sie am Abend noch abgeholt und in eine Spezialklinik gefahren.«

»Komisch«, meint Maylin. »Als ich gestern Nachmittag nach ihr geschaut habe, war eigentlich alles in Ordnung.«

»Das kann ja sein«, erwidert Kim zwischen zwei Bissen Marmeladenbrot. »Lisa und ich schlafen im Zimmer gegenüber und wir haben abends alles live mitbekommen. Gesches Knie ist total angeschwollen. Sie konnte überhaupt nicht mehr auftreten und hat schrecklich geweint.«

»Ganz schön blöd«, setzt Lisa hinzu. »Gesche hat sich so auf das Biken gefreut.«

Moment mal!

»Sprecht ihr vom Gelände-Biken?«

Kim stopft sich den Rest ihrer Schnitte in den Mund und nickt eifrig.

»Das heißt, dass da jetzt ein Platz frei geworden ist, oder?«, frage ich aufgeregt.

Lisa nickt ebenfalls, schüttelt dann allerdings sofort den Kopf.

»Ist bestimmt längst schon wieder besetzt«, winkt sie ab. »Gerade die Jungs sind da total heiß drauf.«

»Ähm … ich eigentlich auch«, sage ich, während mein Hintern sich automatisch vom Stuhl löst.

»Dann mal los!«, ermuntert Maylin mich. »Ab mit dir ins Büro. Vielleicht hast du ja Glück!«

»Aber …?«, will ich einwenden.

Immerhin habe ich Küchendienst und kann mich nicht einfach verdrücken.

»Ich mach das hier schon, wenn du nicht rechtzeitig zurück bist«, fällt meine Klassenkameradin mir ins Wort. »Und ich drück dir die Daumen«, bekräftigt sie.

»Das ist echt superlieb von dir!«, freue ich mich. »Aber bitte tu mir einen Gefallen, und lass wenigstens ein paar Teller heil.«

Und dann sprinte ich los.

Als ich ein paar Minuten später das Büro im roten Backsteinhaus betrete, kann ich mein Glück kaum fassen: Gesches Gelände-Biking-Platz ist tatsächlich noch frei!

»Emely Berlin …« Der schwarzhaarige Typ hinter dem Tresen will gerade damit anfangen, meinen Namen in die Liste einzutragen, als plötzlich die Tür auffliegt und ein circa vierzehnjähriger Junge mit OlaSeku-Frisur hereinstürmt und den Platz ebenfalls beansprucht.

»Tut mir leid, Frederik.« Der Typ hinter dem Tresen zuckt bedauernd die Achseln. »Aber du bist zwei Sekunden zu spät.«

»So ein verdammter Mist!«, flucht der Junge. »Alle meine Kumpel sind in dieser Gruppe. Kannst du nicht bitte verzichten und nächstes Jahr dort mitmachen?«, wendet er sich jetzt direkt an mich.

»Ähm …«

Ich fühle mich ein wenig überrumpelt, denn natürlich würde auch ich es ziemlich frustrierend finden, wenn ich als Einzige aus einer Gruppe lauter guter Freunde bei etwas nicht mitmachen könnte. Ich bin schon drauf und dran nachzugeben, doch der Typ hinter dem Tresen trägt einfach weiter meine Daten in die Computerliste ein.

»K-keine Ahnung, ob ich nächstes Jahr wiederkomme«, stammele ich.

»Ach, verdammt, was willst du denn ausgerechnet in dieser Gruppe?«, fährt Frederik mich daraufhin ziemlich heftig an. »Beim Biken sind sowieso fast keine Mädchen. Und du müsstest dann mit den Jungs in einem Zelt schlafen.«

»Irrtum, Frederik«, sagt der Typ hinter dem Tresen, während er den Blick unbeirrt auf den Monitor gerichtet hält.

»Diesmal ist es nahezu fifty-fifty. Wir waren es nämlich leid, dass ihr den Mädels immer die Plätze wegschnappt, und haben deshalb auf eine bessere Verteilung geachtet.« Er lächelt mich an. »Außer dir sind noch vier Mädchen dabei und selbstverständlich bekommt ihr ein eigenes Zelt.«

»Scheiße, Cem, das ist so unfair!«, wettert Frederik. »Oder habt ihr uns Jungs als Ausgleich etwa auch ein paar Ponysättel freigehalten?«

»Das nicht.« Der Typ hinter dem Tresen, von dem ich nun weiß, dass er Cem heißt, hebt gleichmütig die Schultern. »Allerdings ist auch hier wieder ein Platz zu vergeben.« In seinen kohlschwarzen Augen blitzt es übermütig. »Na, wie wär's?«

»Ach, weißt du … verarschen kann ich mich selber«, gibt Frederik bissig zurück und dreht sich wutschnaubend zur Tür um.

»Vielleicht überlegst du es dir ja noch mal!«, ruft Cem ihm nach. »Du und elf Mädchen. Übernachten auf dem Heuboden …«

Tatsächlich hält Frederik in seiner Bewegung inne.

»Das ist nicht dein Ernst«, knurrt er.

»Doch, doch.« Cem grient vergnügt in sich hinein.

PENG!, macht es, als Frederik die Tür hinter sich zuknallt. Der bitterböse Blick, den er mir kurz davor zugeworfen hat, brennt mir noch immer auf der Haut.

»Keine Sorge, der kriegt sich schon wieder ein«, meint Cem, als er mein erschrockenes Gesicht bemerkt. »Und du musst auch kein schlechtes Gewissen haben, schließlich warst du als Erste hier. Du hast also niemandem etwas weggenommen.«

Seine beruhigenden Worte klingen mir noch in den Ohren, als ich wenig später zur Frühstückswiese laufe. Mittlerweile habe ich gesehen, dass es eine Abkürzung gibt, nämlich einen schmalen Trampelpfad, der zwischen einer Baumgruppe hindurch direkt zur Rückseite unseres Holzhauses führt.

Ich flitze auf die Bäume zu, da trifft mich plötzlich etwas Hartes an der Schulter. Es tut nicht besonders weh, aber ich erschrecke mich so sehr, dass ich ins Taumeln gerate. Und dann bleibe ich auch noch mit dem Fuß an einer Wurzel hängen und stürze der Länge nach hin.

Hinter mir ertönen leise huschende Schritte, die direkt auf mich zuhalten, und so mache ich, dass ich schnellstmöglich wieder auf die Beine komme. Kaum habe ich festen Boden unter den Füßen, fällt ein Schatten über mich.

Augenblicklich wirbele ich herum.

»Was fällt dir ein!«, blaffe ich Frederik an, der sich breitbeinig und mit vor der Brust verschränkten Armen vor mir aufgebaut hat. »Was hast du nach mir geschmissen?«

In seinen hellbraunen Augen blitzt es gehässig auf und ein gemeines Grinsen umspielt seine Mundwinkel.

»Hat's wehgetan?«, spottet er. »Es war doch nur 'ne Kastanie.«

»Nur?«, knurre ich. »Und wenn du mich am Kopf getroffen hättest?«

»Keine Panik. Ich kann verdammt gut zielen.«

»Idiot!«, zische ich. »Lass mich bloß in Ruhe.«

»Das kannst du haben«, erwidert Frederik und reckt sein Kinn zum Backsteingebäude.

Es dauert einen Moment, bis bei mir der Groschen fällt,

aber dann brennt die Wut so heiß in meinem Magen, dass ich das Gefühl habe, Feuer spucken zu können.

»Vergiss es«, fauche ich. »Du kannst froh sein, wenn ich das hier nicht melde.«

»Oh, das süße kleine Mädchen droht mir?«, entgegnet Frederik abfällig.

»Du hast ja wohl angefangen«, fahre ich ihn an.

»Das weiß aber niemand … außer dir und mir.« Er lässt die Arme sinken und weist abermals mit dem Kinn in alle Richtungen. »Oder entdeckst du irgendjemanden, der *das hier* mit angesehen hat?«

Ich muss mich nicht umschauen, um zu wissen, dass es offenbar weit und breit keinen Zeugen gibt. Das heißt aber noch lange nicht, dass ich mich von Frederik einschüchtern lasse.

Ich werfe ihm noch einen pikant gewürzten Blick zu, dann wende ich mich ab und stapfe davon.

»Das wirst du bereuen!«, brüllt er hinter mir her. »Mach dich auf etwas gefasst!«

Im Hochseilgarten

Maylin merkt sofort, dass etwas nicht stimmt. Vielleicht bin ich ein bisschen blass um die Nase, vielleicht fällt ihr auch das leichte Zittern meiner Hände auf. Wie auch immer: Sie hat einfach eine Antenne für so was. Ständig schaut sie mich von der Seite an, und ich bin echt froh, dass sie nicht bereits in der Küche über mich herfällt und mich fragt, was passiert ist. Na ja, wenn man es genau nimmt, muss eigentlich auch eher *ich* mir Sorgen um *sie* machen.

»Pass auf, dass du dich nicht schneidest!«, raune ich, als May gerade im Begriff ist, ein Messer an der Klinge anzufassen – bloß, weil sie wieder einmal damit beschäftigt ist, mich anzustarren.

Zum Glück muss nur noch die Spülmaschine eingeräumt und eingeschaltet werden und das ist in knapp fünf Minuten erledigt.

»Habt ihr euch euer Programm inzwischen zusammengestellt?«, erkundigt Lisa sich, als sie, Kim, May und ich die Küche verlassen und in den Sonnenschein hinaustreten.

Ich schüttele den Kopf.

Erstens bin ich bis vor Kurzem noch davon ausgegangen, dass ich die meisten Aktionen gemeinsam mit Anna mache und mich daher erst einmal mit ihr besprechen muss, und zweitens habe ich bisher überhaupt keinen Überblick darüber, was hier in den nächsten Tagen so läuft.

»Auf jeden Fall bin ich schon mal total happy, dass ich Gesches Bike-Platz ergattert habe«, sage ich.

»Glückwunsch übrigens«, meint Kim und klopft mir auf den Rücken. »So wie du vorhin gerannt bist, hast du es aber auch verdient.«

»Leider startet es erst am Sonntag«, erwidere ich. »Keine Ahnung, was ich heute und morgen machen soll. Hast du dich denn schon irgendwo eingetragen?«, frage ich Maylin.

»Nö«, meint sie gleichmütig. »Ich geh einfach mal rum und guck mir alles an. Vielleicht finde ich ja so etwas, das mir gefällt. Irgendwie habe ich keine große Lust, im Zelt zu pennen. Das ist mir um diese Jahreszeit einfach zu kalt.«

Lisa stößt ein kurzes erstauntes Lachen aus.

»Und wieso bist du dann ausgerechnet in ein Abenteuercamp gefahren?«, will sie wissen.

»Weil es nix anderes mehr gab«, antwortet Maylin. »Meine Eltern haben sich eben zu spät gekümmert.«

»Also, ich wäre dann ja lieber zu Hause geblieben«, entgegnet Lisa.

»Ach, wieso denn?« Maylin schüttelt den Kopf. Dann breitet sie die Arme aus und dreht sich einmal um die eigene Achse. »Ist doch superschön hier. Und zugucken macht schließlich auch Spaß.«

»Das wär mir ja viel zu langweilig!« Kim verdreht die Augen. »Wieso geht ihr nicht in den Hochseilgarten?«, schlägt sie vor. »Dort kann man auch ohne Anmeldung jederzeit hin.«

»Mhm.« Lisa grinst über eine Wange. »Genauso wie zum Bungee Jumping oder Rafting.«

»Ja.« Maylin zuckt die Achseln. »Wieso eigentlich nicht?«

»Das hast du nicht ernst gemeint, oder?«, frage ich, als Kim und Lisa in ihrem Zimmer verschwunden sind.

»Doch, natürlich«, sagt May. »Und jetzt erzähl du endlich mal, was mit dir los ist!«

»Weißt du überhaupt, was das ist: Rafting und Bungee Jumping?«

»Logisch weiß ich das«, erwidert sie und guckt mich dabei an, als würde sie vermuten, dass ich anstatt eines Gehirns Wackelpudding im Kopf hätte. »Also?«

»Also was?«

Sie bleibt abrupt stehen und sticht mit ihrem Finger auf meine Brust ein.

»Was … ist … passiert?«

»Gar nichts. Der Typ im Büro war nur ein bisschen umständlich«, schwindele ich.

Maylin stemmt die Hände in ihre Taille und bläht die Backen.

»Und deshalb zitterst du wie Espenlaub?«

»Der Typ hat mich total genervt«, sage ich so GENERVT wie möglich, und verdrehe dabei noch GENERVTER die Augen, damit sie mir diese Geschichte auch auf jeden Fall abnimmt.

Für Cem tut es mir natürlich schon ein bisschen leid, denn in Wirklichkeit ist er ja supernett zu mir gewesen, und außerdem so ziemlich das Gegenteil von umständlich. Ich kann echt nur hoffen, dass Maylin das jetzt nicht überall herumposaunt. Dann nämlich würde ich die Sache sofort richtigstellen und mich bei Cem entschuldigen. Aber das ist allemal besser, als May zu erzählen, wie es tatsächlich gewesen ist.

Wenn sie hört, dass ich von diesem Frederik bedroht worden bin, schwärzt sie ihn womöglich bei der Leitung des Camps an – oder redet so lange auf mich ein, bis ich einen Rückzieher mache und das Gelände-Biken sausen lasse. Nee, nee, es reicht mir schon, dass Anna mir ständig mit ihrer Angst, dass ich mir aus lauter Schusseligkeit den Nasenhöcker brechen könnte, in den Ohren liegt. Da brauche ich echt nicht noch eine Ersatzmami, die meint, auf mich aufpassen zu müssen. Ohnehin erfüllt Anna diese Aufgabe im Augenblick nicht. Ich habe also alle Freiheit der Welt. Außerdem sind schließlich überall Trainer und Betreuer dabei.

Was soll mir also schon groß passieren?

Zum Glück gibt Maylin sich mit meiner Antwort zufrieden und dringt nicht weiter in mich. Stattdessen lasse ich mich von ihr überreden, erst mal in aller Ruhe das Angebot zu studieren und dann zu entscheiden, was wir heute und morgen unternehmen.

»Bungee-Springen oder eine Rafting-Tour machen, kann ich schließlich immer noch, wenn du zum Biken gehst.«

»Das machst du nicht wirklich, oder?«, versichere ich mich.

»Nee, Quatsch!« May schlägt lachend mit der Hand nach mir. »Ist alles bloß Spaß. Ich bin der geborene Schisshase.«

»Ehrlich?«, frage ich.

»Hahaha!« Sie will sich gar nicht mehr einkriegen. »Was hast du denn gedacht?«

»Na ja, nicht unbedingt, dass du Superwoman bist. Aber so, wie du dich zuletzt in der Schule verhalten hast, als Julius und Co. sich über dich lustig gemacht haben … Das war schon ganz schön cool.«

»Ach, Julius und Co. sind mir doch egal«, winkt Maylin ab. »Meinetwegen sollen diese Blödmänner sich über mich totlachen. Das macht mir gar nichts aus. Hauptsache, du und Anna …«

Sie bricht ab und beißt sich auf die Unterlippe. Und dann rennt sie auf einmal wie angestochen los und taucht in unser Holzhaus ab.

Ich folge ihr langsam, damit sie genug Zeit hat, sich ein neues Gesprächsthema auszudenken. Dass sie Anna und mich mag, weiß ich ja schon länger, wie sehr, ist mir allerdings erst in diesem Moment klar geworden. Es wundert mich allerdings, dass Maylin sich dafür schämt. – Wo ihr doch sonst kaum etwas wirklich peinlich zu sein scheint.

Als ich in den Flur trete, steht meine Klassenkameradin am Schwarzen Brett, das gleich hinter der Tür an der Wand angebracht ist. Sie hat einen Kollegblock in der Hand und einen pinkfarbenen Filzstift zwischen den Lippen.

»Mann, es gibt sooo wahnsinnig viel hier«, nuschelt sie mir entgegen. »Ich weiß echt nicht, wofür ich mich entscheiden soll. Die Wildtier-Safari finde ich toll. Blöderweise geht die aber über zwei Tage.«

»Na und«, sage ich. »Einmal zelten wirst du ja wohl überleben.«

»Nehee.« May schüttelt heftig den Kopf. »Ich krieg Platzangst in den Dingern.«

Irritiert sehe ich sie an.

»Hast du vorhin nicht gesagt, es wäre dir zu kalt.«

»Ja, das auch«, brummt sie. »Beides.«

»Dann mach doch beim Slacklinen mit«, erwidere ich und deute auf den entsprechenden Eintrag. »Das ist zwar auch ein Workshop, aber der findet ganz in der Nähe statt. Siehst du, hier …« Ich lasse meinen Finger über die Geländekarte gleiten. »Genau zwischen unserer Hütte und der hinter dem Backsteinhaus. Du könntest also in deinem Bett schlafen.«

»Oh ja, das ist super!«, ruft Maylin begeistert. Sie zieht die Filzstiftkappe mit den Zähnen ab und malt sich erst mal (versehentlich) einen Strich aufs Kinn, bevor sie sich die Daten für das Slacklinen auf ihrem Kollegblock notiert. »Und jetzt gehen wir in den Klettergarten«, entscheidet sie. »Da kann ich dann schon mal ein bisschen fürs Seillaufen üben.«

»Von mir aus gerne«, erwidere ich und werfe einen Blick auf unsere Zimmertür. »Ich habe nur keine große Lust …«

»Anna und Laura sind nicht da«, fällt Maylin mir ins Wort, so als hätte sie meine Gedanken erraten. »Trotzdem kannst du ihnen nicht ewig aus dem Weg gehen. Na ja, Laura vielleicht schon, aber Anna ist doch deine Freundin.«

»Gerade wohl eher nicht«, brumme ich und setze mich in Bewegung.

Aus dem Augenwinkel sehe ich, dass May sich den Filzer in den Mund steckt. Etwas fällt klackernd auf den Boden. Als ich mich umdrehe, sehe ich, dass es die Filzstiftkappe ist und meine Klassenkameradin nun auch noch einen pinkfarbenen Fleck auf der Unterlippe hat.

»Du bist echt unverbesserlich«, stoße ich grinsend hervor. »Wenn die Dinger wenigstens noch nach was Leckerem schmecken würden!«

»Tun sie nicht«, versichert Maylin mir mit ernstem Gesicht, doch einen Lidschlag später hellt sich ihre Miene bereits wieder auf. »Hast du die etwa schon mal gekostet?«, fragt sie erstaunt.

»Nein, hab ich nicht«, sage ich und deute auf ihre Sandalen. »Und jetzt komm! Du solltest dir auf jeden Fall noch feste Schuhe anziehen.«

Maylin braucht eine Ewigkeit, bis sie endlich die richtigen Kleidungsstücke für unser Hochseilabenteuer herausgesucht hat. Ich glaube, es gibt kein Teil, das sie nicht schon mindestens ein- oder zweimal anhatte, und nun liegen alle ihre Klamotten kreuz und quer im Zimmer verteilt.

»Ich wünschte, ich könnte nähen … so wie du und Anna«, sagt sie und lässt ihren Blick verträumt über den offenen Kleiderschrank wandern, in dem sich jetzt nur noch meine Sachen befinden.

»Aber das kannst du doch«, entgegne ich und erinnere sie an die Mütze, die sie zu unserer letzten *Tiere in Not*-Blog-Aktion beigesteuert hatte.

Währenddessen laufe ich im Zimmer auf und ab und dabei zieht es mich geradezu magnetisch auf Annas noch immer prall gefüllte Reisetasche zu.

»Das war ich nicht«, erwidert May. »Die hat meine Oma genäht. Jedenfalls hauptsächlich.«

Plötzlich springt sie auf, rafft ihre Kleider zusammen und stopft sie wahllos in die freien Fächer. Sie schließt die Schranktüren, hüpft auf Annas Bett zu und lässt sich darauf nieder.

»Sie hat nicht ausgepackt«, sagt sie und deutet auf die Reisetasche. »Weil Laura den ganzen Schrank für sich beansprucht.«

Wie bitte?

»Woher weißt du das?«

»Guck doch selber nach«, ermuntert sie mich. »Laura hat einen ganzen Haufen Kleider dabei. Keine Ahnung, wann sie die hier überhaupt anziehen will. Aber sie sehen toll aus.« Maylin zwinkert mir verstohlen zu. »Ein paar davon habe ich schon anprobiert.«

»*Was*? Wann hast du das denn gemacht?«

»Ich werde nachts manchmal wach, denke über Dinge nach und kann nicht wieder einschlafen«, erwidert sie. »Das ist ziemlich blöd … und langweilig.«

»Dann hast du in der letzten Nacht also eine kleine private Modenschau veranstaltet, oder wie?«

Noch dazu, ohne dass Anna, Laura oder ich etwas davon mitgekriegt haben!

»So ungefähr.« Maylin kichert leise.

»Du spinnst doch!«, sage ich und tippe mir an die Schläfe. »Hattest du gar keine Angst, dass Laura dich dabei erwischen könnte?«

»Nö. Ich war ja vorsichtig. Hab immer nur *ein* Kleid rausgenommen und Laura die ganze Zeit im Auge behalten. Die hat gepennt wie ein Murmeltier. Und du und Anna ebenfalls.«

Mannomann, ich fasse es nicht! Wie kann man nur so derartig durchgeknallt sein! Und was fast noch verrückter ist: Mit jedem neuen Spleen mag ich May ein bisschen mehr.

»Ich wäre übrigens total gerne Model«, gesteht sie mir jetzt. »Für Klamotten, aber auch für andere Sachen.«

»Andere Sachen?« Ich betrachte sie stirnrunzelnd. »Was meinst du damit?«

»Ach, alles Mögliche. Nur sinnvoll muss es sein. Apropos Klamotten«, wechselt sie das Thema. »Anna hat in ihrem Gepäck auch eine ganze Menge Nähzeug und Garn und so weiter.«

»Ich weiß«, sage ich und seufze leise. »Eigentlich wollten wir abends zusammen Mützen nähen, stricken oder häkeln.«

Und uns um unseren Blog kümmern!

Das könnte ich natürlich auch allein. Aber ohne Anna habe ich überhaupt keine Lust dazu.

May und ich haben uns noch keine drei Schritte von unserer Hütte entfernt, als ihr etwas einfällt.

»Oh Mann, mein Gehirn ist ja löcheriger als ein Schweizer Käse«, stößt sie hervor und klatscht sich mit der Hand gegen die Stirn. »Nur einen klitzekleinen Moment, ich bin gleich wieder da.«

Ehe ich sie fragen kann, was sie Wichtiges vergessen hat, ist sie bereits losgewetzt, und so nutze ich die Gelegenheit, um Jona eine Nachricht zu schreiben.

Ich gehe heute mit Maylin in den Hochseilgarten und … stell dir vor: ab Sonntag mache ich beim Gelände-Biken mit. Tätäää! Vielleicht gefällt es mir ja und ich kaufe mir auch ein BMX :-)

Ich warte … und warte … und warte … auf einen Begeisterungssturm natürlich! Aber nix. Jonathan meldet sich nicht.

»Mit wem schreibst du denn?«, erkundigt Maylin sich, als sie zwei Minuten später ein wenig atemlos neben mir auftaucht und ich noch immer wie blöd auf mein Handy glotze.

»Mit meinem Freund«, antworte ich knapp und stecke das Smartphone in meine Hosentasche zurück.

»Oh, du hast einen Freund?«

»Ja, aber nicht so. Jona ist einfach ein guter Kumpel. Ein sehr guter Kumpel sogar.«

»Cool«, sagt Maylin. »Ich hätte auch gerne einen Freund. Aber einen richtigen.«

Bescheuerterweise muss ich prompt an Phineas denken. Dabei ist er weder das eine noch das andere – und könnte es auch niemals sein!

»Was ist los?«, fragt Maylin

»Wieso?«

»Du bist auf einmal so rot im Gesicht.«

»Quatsch«, sage ich. »Das kommt bestimmt von der Sonne.«

»Ja, klar.«

May grinst von einem Ohr zum anderen.

Na meinetwegen, soll sie doch! Wahrscheinlich ist das auch bloß wieder so ein Spleen. Trotzdem gehe ich vorsichtshalber etwas schneller, damit sie aus der Puste gerät und keine dusseligen Fragen mehr stellt.

Der Hochseilgarten ist das Herzstück des Wildcamps und trennt den Wohnhüttenbereich und die Areale, in denen die kleineren Aktivitäten stattfinden von jenen, auf denen die Mehrtages-Events wie zum Beispiel die Wildtier-Safari, die Kanu-Rallys oder auch das Gelände-Biken veranstaltet werden.

Wir brauchen über eine Stunde, um das Haupttor zu erreichen, wo wir Maria wiedertreffen, die uns beim Anlegen der Hüftgurte hilft und uns anschließend das Sicherungssystem erklärt.

Es gibt drei verschiedene Parcours und wir beginnen mit dem einfachsten, der nur ungefähr einen Meter über dem Boden entlang führt.

Ich finde das ja fast ein bisschen langweilig, aber Maria besteht darauf, damit zu starten, weil es ihrer Ansicht nach »ideal zum Eingewöhnen« ist. Und nachdem Maylin von einem Rundbalken gerutscht ist und auf der Wackelbrücke gleich dreimal danebentritt, muss ich der Betreuerin zähneknirschend recht geben.

»Willst du nicht lieber noch mal darüber nachdenken, ob das Balancieren auf einem Gurt wirklich was für dich ist?«, frage ich vorsichtig.

»Wieso?« May löst ihr Klettergeschirr und lässt sich auf einen Baumstumpf sinken. »Jetzt habe ich erst mal Durst«, sagt sie, öffnet ihren Rucksack und holt eine Flasche Apfelschorle hervor. »Die Slacklines werden doch nur ein paar Zentimeter über dem Boden gespannt«, fährt sie fort, während sie den Schraubverschluss abdreht.

»Aber auch dabei kann man sich den Fuß verknacksen oder den Knöchel brechen«, argumentiere ich. »Und so oft wie du aus dem Gleichgewicht gerätst, wäre es …«

»Ich habe ja gerade erst angefangen zu üben«, fährt sie ungewohnt heftig dazwischen. »Wieso traut mir eigentlich niemand etwas zu?«

Verdattert starre ich sie an.

Doch Maylin hat sich bereits abgewendet und sich die Schorle-Flasche an die Lippen gesetzt. In kurzen Zügen leert sie sie bis zur Hälfte. Dann lässt sie sie einfach zu Boden fallen, springt auf und rennt zum Startpunkt des Profiparcours hinüber.

»Du bist nicht verrückt, du bist total plemplem«, murmele ich, schnappe mir die Flasche, verschließe sie hastig und flitze Maylin hinterher.

»Jetzt warte doch mal!«, brülle ich. »Du musst mir gar nichts beweisen!«

»Lass sie nur!«, höre ich Maria hinter mir rufen.

Ich bleibe stehen und drehe mich um.

»Aber sie wird runterfallen!«

»Soll sie«, erwidert Maria lächelnd. Sie kommt auf mich zu und tätschelt mir die Wange. (Das scheint wohl so was wie ihr Markenzeichen zu sein.) »Sie ist ja gut gesichert.«

»Aber das ist doch Wahnsinn«, rege ich mich auf. »Warum macht sie das nur?«

»Das kann ich dir auch nicht sagen«, gibt Maria schulterzuckend zurück. »Aber eines ist gewiss: sie hat ihre Gründe.«

Ts!

»Dann sind es eben ziemlich bescheuerte Gründe!«, knurre ich.

Maria mustert mich forschend.

Es ist wirklich schrecklich, wie durchdringend sie einen ansehen kann. Als ob sie Röntgenaugen hätte!

»Hast du denn noch nie etwas *Bescheuertes* getan?«

Am liebsten würde ich »Nein« sagen, aber das wäre wohl ein wenig voreilig. Es kommt ja immer darauf an, was man für bescheuert hält. Vermutlich ist das bei jedem verschieden. Also schweige ich und schaue Maylin hinterher.

Ich sehe, wie sie die erste Plattform erklimmt und sich von dort aus an einer ziemlich schlabberigen Netzwand entlang auf eine Hängebrücke zubewegt.

»Das macht sie doch sehr gut«, meint Maria. »Oder findest du nicht?«

Ich schweige weiter und nicke schließlich. Dann wende ich mich ab, hole mein Handy hervor und hocke mich auf den Baumstumpf.

»Du solltest besser deiner Freundin hinterherklettern«, brummt Maria. »Telefonieren oder Simsen kannst du auch zu Hause.«

Stimmt. Aber ich will jetzt einfach wissen, ob Jona meine Nachricht mittlerweile gelesen hat, und was er davon hält.

»Dauert nur 'ne Sekunde«, murmele ich.

Und siehe da: Jonathan hat tatsächlich geantwortet. Er ist sogar gerade online!

Ich bin raus, Em. Die anderen sind einfach zu gut.

Nein!!!

Doch, kommt es sofort zurück. *Aber egal, in zwei oder drei Jahren versuche ich es wieder. Wenigstens weiß ich jetzt, dass ich ziemlich hart trainieren muss.*

Und jetzt?, frage ich. *Fährst du etwa wieder nach Hause?*

Jap. Noch lieber würde ich allerdings zu dir kommen und mit dir Gelände-Biken ;-), antwortet er. *Denn das machst du doch sowieso nur meinetwegen. Stimmt's? ;-)*

Quatsch! Wie kommst du denn darauf?

Während ich das tippe, fangen meine Wangen an zu glühen. Ich hasse es, meinen besten Kumpel anzulügen, aber es geht nun mal nicht anders. Nie und nimmer würde ich ihm gegenüber zugeben, dass ich eifersüchtig war. Das würde er entweder falsch oder gar nicht verstehen, was nur zu unnötigen Verwicklungen führen würde.

Ach, bloß so, schreibt er jetzt. *Ist ja auch egal. Jedenfalls drücke ich dir die Daumen, dass du erfolgreicher bist als ich.*

Es geht doch um nix, erwidere ich. *Ich will bloß rausfinden, ob es mir Spaß macht.*

Falsch: Ich will, *dass* es mir Spaß macht! Zwischen Anna und mich soll meinetwegen eine Laura passen. Bei Jonathan werde ich so etwas nicht zulassen. Zwischen uns beiden hat vielleicht sein Klassenkumpel Timo Platz, aber ganz bestimmt keine Carolin.

Den wünsch ich dir!, antwortet Jona. *Bis später dann! Bin gerade am Packen. Mein Zug geht schon in einer Stunde :-(*

Ich will noch rasch mit einem Knatsch-Smiley antworten und einen kurzen Abschiedsgruß hinterherschicken, als mir jemand über die Schulter greift und mir das Smartphone aus der Hand nimmt.

»Mädchen, deine Sekunde ist schon tausendmal rum«, sagt Maria, »und von deiner Freundin ist schon lange nichts mehr zu sehen.«

»Na gut.«

Mit einem drückenden Gefühl im Magen stehe ich von meinem Baumstumpf auf.

Irgendwas läuft hier gerade verdammt schief. Ich weiß, dass es (auch) mit mir zu tun hat – und dem ganzen konfusen Zeug, das sich in meinem Kopf abspielt. Trotzdem habe ich keine Ahnung, wie ich es aufhalten soll. Also konzentriere ich mich auf eins der Dinge, von denen ich sicher bin, dass ich sie gut kann, nämlich anderen zur Seite zu stehen. Da ertönt plötzlich irgendwo zwischen dem Gewirr aus Bäumen, Gerüsten und Seilen ein gellender Schrei und kurz darauf ein hämisches Lachen.

Maylin!, durchzuckt es mich. Und Laura!

Ich überlege nicht lange, sondern renne los.

Ein Unfall mit Folgen

Schon nach wenigen Metern lege ich den Hüftgurt ab, weil er mich am Fortkommen hindert. Mir ist natürlich klar, dass May nichts passiert sein kann, trotzdem will ich so schnell wie möglich bei ihr sein. Weniger wegen des Absturzes, wie ich vermute, sondern um meine Klassenkameradin mit Zähnen und Klauen gegen Lauras Spott zu verteidigen.

Ich schlage mich zwischen Büschen, Bäumen, Seilen und Gerüstteilen durch und erreiche schon kurze Zeit später die Unfallstelle.

Eine Seilwinde hätte Maylin von einer Plattform zur nächsten transportieren sollen, doch offenbar hat sie ihren Karabinerhaken falsch eingehängt. Jedenfalls baumelt sie jetzt kopfüber eine Mannslänge über dem Boden. Zwei Betreuer sind bereits bei ihr und lassen sie nun langsam herunter. Einer der beiden greift ihr unter die Achseln, sodass sie mit den Füßen voran auf der Erde landet.

»Hast du dir wehgetan?«, keuche ich.

»Ein bisschen«, krächzt Maylin.

Sie ist aschfahl im Gesicht und in ihren Augen glitzern Tränen.

»Wo ist Laura?«

May schüttelt kaum merklich den Kopf.

»Keine Ahnung. Hab sie nicht gesehen.«

Ihre Stimme zittert, plötzlich fällt ihr Kopf zur Seite und sie hängt total schlaff in den Armen des Betreuers.

Behutsam lassen die Männer Maylin zu Boden. Der jüngere der beiden hebt ihre Füße an und stützt sie gegen seine Oberschenkel.

»Was ist denn mit ihr?«, stoße ich erschrocken hervor.

»Wahrscheinlich bloß eine kurze Ohnmacht«, versucht der jüngere Betreuer mich zu beruhigen. Er trägt eine blaue Mütze, unter der eine blonde Ponysträhne hervorlugt.

Der andere, der ungefähr in Pops' Alter ist, zückt ein Handy und setzt einen Notruf ab.

»Das ist eine reine Vorsichtsmaßnahme«, erklärt mir der mit der Mütze. »Wir bringen deine Freundin jetzt auf die Krankenstation. Dort kannst du sie später besuchen.«

Nachdem der Ältere den genauen Standort durchgegeben hat, steckt er das Handy in die Innentasche seiner Weste zurück. Anschließend öffnet er seine Gürteltasche, die mit einem roten Kreuz versehen ist, und holt eine kleine Medizinflasche daraus hervor. Mit einer Pipette träufelt er Maylin ein paar Tropfen in den leicht geöffneten Mund.

»Mach dir keine Sorgen«, wendet er sich mit einem aufmunternden Lächeln an mich. »Sie kommt bestimmt gleich wieder zu sich.«

»S-sind Sie sicher?«, stammele ich, während ich angespannt auf Mays blasses Gesicht hinuntersehe.

Meine Beine fühlen sich wackelpuddingweich an.

»Ganz sicher«, bekräftigt der Betreuer. »Siehst du?«

May stöhnt leise und ihre Augenlider fangen an zu flattern.

Erleichtert atme ich auf.

Der Betreuer geht auf die Knie und beugt sich über sie. Er hat einen kleinen Gegenstand aus seiner Gürteltasche genommen, ich kann allerdings nicht erkennen, was es ist oder was er damit macht.

»Ich muss noch jemanden suchen«, murmele ich, reiße mich von Maylin los und lasse meinen Blick über die umliegenden Bäume, Seile, Brücken und Plattformen gleiten.

Inzwischen ist so viel Zeit vergangen, dass Laura (sofern sie es wirklich war) wahrscheinlich längst über alle Berge ist. Trotzdem setzen sich meine Beine ganz automatisch in Bewegung.

Wie von einem Magneten angezogen, laufe ich in die Richtung, aus der das Gelächter eben zu mir herübergeschallt ist. Ich trete auf weiches Moos und herabgefallenes Laub, umrunde Wasserlachen und steige über Äste und Baumstämme. Den Hochseilparcours habe ich dabei gar nicht mehr im Visier, ich will einfach nur so schnell wie möglich vorankommen.

Irgendwann fällt mir ein, dass es klug wäre, mich umzudrehen und mal zu schauen, ob man die beiden Plattformen und die Seilwinde von meinem Standort aus überhaupt sehen kann, da nehme ich rechts von mir eine Bewegung wahr.

Ich wirbele herum und bemerke eine Gestalt, die hastig hinter dem Stamm einer großen Eiche in Deckung geht.

Laura!, will ich schon schreien, in letzter Sekunde presse ich mir die Hand auf den Mund. Mit angehaltenem Atem und nahezu geräuschlos tappe ich auf die Eiche zu. Mit jedem

Schritt pocht mein Herz ein wenig fester, bis es mir beinahe aus der Brust zu springen droht.

Als ich nur noch zwei oder drei Meter von der Eiche entfernt bin, hechtet die Gestalt mit einem Satz dahinter hervor. Ich schreie auf und bleibe wie angewurzelt stehen. Erst in diesem Moment fällt mir ein, dass es ja auch Frederik sein könnte, der mich vielleicht schon seit heute Morgen nicht mehr aus den Augen gelassen hat.

Doch bevor ich ihr Gesicht erkennen kann, wendet die Gestalt sich ab und stolpert, so als wäre der Teufel höchstpersönlich hinter ihr her, zurück in Richtung Ausgang.

Frederik ist es also nicht, dafür ist sie auch viel zu klein.

»Laura«, murmele ich, setze mich ebenfalls wieder in Bewegung und renne hinter ihr her. Schneller und immer schneller.

Zweige mit goldbunten Blättern fliegen nur so an mir vorbei und unter meinen stampfenden Füßen raschelt das Laub. Die Gestalt ist schnell und wendig, trotzdem gelingt es mir, den Abstand allmählich zu verkleinern.

Eigentlich kenne ich nur eine, die so rennt, nämlich Haken schlägt wie ein Hase und dabei ihre Arme schwingt, als hätte sie Skistöcke in der Hand. Aber das kann nicht sein. Weder die grob gestrickte dunkelgraue Wollmütze noch die dunkelgrüne Jacke oder die ausgewaschene Jeans habe ich je an ihr gesehen.

Doch dann, als sie sich unter einem tiefhängenden Ast zu nachlässig duckt und ihre Wollmütze daran hängen bleibt, gibt es keinen Zweifel mehr. Rote Locken fallen ihr über die Schultern und hüpfen bei jedem Schritt auf und ab.

»ANNA!«, brülle ich. »Anna, bleib stehen! Verdammt noch mal!«

So langsam verlassen mich die Kräfte. Aber ich hole noch einmal alles aus mir heraus und renne, als ginge es um mein Leben. Schritt für Schritt arbeite ich mich an sie heran, bis mich nur noch eine Armlänge von ihr trennt.

Ich strecke meine Hand aus, packe sie bei der Jacke und zerre sie zurück.

»Was soll denn das?«, keuche ich. »Warum …?«

»Lass mich in Ruhe, Emely!«

Anna versucht sich loszureißen, dabei gerät sie ins Stolpern und knallt mit der rechten Schulter gegen einen Baum.

»Aooouh!«, jault sie auf und krümmt sich zusammen. »Emely, warum machst du das?«, fährt sie mich zornig an.

»DAS … FRAG … ICH … DICH!« Ich bin so dermaßen aus der Puste, dass ich jedes Wort mühsam hervorwürgen muss. »Warum … lachst … du … über Maylin?«

»Was redest du denn da? Das hab ich doch gar nicht!«, verteidigt sich Anna.

Japsend lehnt sie ihren Kopf gegen den Stamm und reibt sich mit schmerzverzerrtem Gesicht den Oberarm.

Mein Herz rast noch immer und in mir tobt alles durcheinander. Wut, Verzweiflung und Mitleid wechseln einander ab.

»Es war Laura, stimmt's?«

»Das weiß ich nicht.«

»Aber ich«, stoße ich aus. »Ich hab nämlich ihre Lache erkannt.«

»Und wieso beschuldigst du dann mich?«, knurrt sie.

»Ihr seid doch garantiert zusammen hier, oder?« Ich zupfe an ihrem Jackenärmel. »Und die hast du dir von ihr ausgeliehen, hab ich recht? Genau wie diese bescheuerte Wollmütze!«

»Ach, die findest du also bescheuert, ja?«, blökt Anna. »Na, das ist gut zu wissen!«

Ein paar Sekunden lang starren wir uns mit zusammengepressten Lippen und funkelnden Augen an, dann frage ich: »Wo ist sie?«

»Wen meinst du?«

»Laura natürlich!«

»Ich weiß es nicht!«, schnaubt Anna. »Kapierst du das vielleicht mal?«

Sie klaubt die Mütze auf, die inzwischen neben ihr auf dem Boden gelandet ist, und zieht sie sich demonstrativ über den Kopf.

Erst jetzt fällt mir auf, dass die Maschen sehr unregelmäßig gestrickt sind und die Mütze auf der Vorderseite mit kleinen und großen silberfarbenen Perlen verziert ist. Sie passt weder zu Anna noch zu Laura, sondern …

»Wieso freundest du dich auch so dick mit ihr an!«, bricht Anna mit ihrem Vorwurf in meine nicht zu Ende gedachten Überlegungen ein.

»Redest du von Maylin?«

»Von wem wohl sonst!«

»Du hast dich ja für Laura entschieden!«, rechtfertige ich mich, obwohl es da eigentlich überhaupt nichts zu rechtfertigen gibt, aber das musste jetzt einfach mal raus, sonst wäre ich noch geplatzt.

»Du spinnst doch!«, schreit Anna mich an.

»Und wieso bist du *ihr* hinterhergerannt anstatt mir?«

»Wann?«

»Gestern, als wir angekommen sind«, erinnere ich sie. »Zuerst sagst du, ich soll entscheiden, ob wir ins Holz- oder ins Backsteinhaus gehen. Dann entscheide ich und du …«

»Es ist doch wohl total logisch, dass sich das Anmeldebüro in einem richtigen Haus befindet«, gibt Anna zurück.

»Das hättest du ja auch mal sagen können!«, brülle ich.

»Genauso gut hättest du es dir denken können!«, blafft sie mich an.

»Ich fand das Holzhaus eben gemütlicher«, entgegne ich harsch. »Und Anmeldeblätter gab es dort schließlich auch.«

»Ja, ja, ja!«, tönt Anna.

Mittlerweile steht sie halbwegs entspannt da. Ihre Schulter scheint also nicht mehr besonders wehzutun.

»Und jetzt sag mir endlich, wo Laura ist«, zische ich.

Statt mir zu antworten, sieht Anna mich einfach nur an. Entschlossen erwidere ich ihren Blick, doch je länger ich in ihre vertrauten braunen Augen gucke, desto mehr krampft sich mein Herz zusammen.

Und plötzlich wird mir klar, wie es gewesen ist. – Nur gewesen sein kann!

Anna und Laura sind zusammen hier in den Hochseilgarten gegangen. Alles andere wäre absolut unlogisch. Sie haben Maylin entdeckt und beobachtet. Als sie abstürzte, hat Laura laut und schadenfroh gelacht. Bestimmt haben sie aus der Ferne beobachtet, wie May verarztet wurde, und natürlich haben sie auch mich gesehen.

Und als ich dann losgelaufen bin, haben sie geschnallt, dass ich das Lachen gehört und vielleicht auch erkannt habe. Logisch, dass sie sofort abgehauen sind, und zwar getrennt. Laura in die eine und Anna in die andere Richtung. Möglicherweise hat Anna mich sogar absichtlich auf ihre Fährte gelockt, damit Laura unbemerkt entkommen konnte.

»Du bist das Allerletzte, weißt du das?«, schnauze ich sie an.

Es platzt einfach aus mir heraus. Eine Sekunde später tut es mir schon wieder leid und ich würde es am liebsten zurücknehmen.

Doch mir bleibt nicht einmal Zeit, um mich zu entschuldigen, denn im nächsten Augenblick dreht Anna sich um und rennt davon.

Und diesmal folge ich ihr nicht.

Von Maria erfahre ich, dass die Krankenstation sich im Erdgeschoss des Backsteinhauses befindet und nur durch einen separaten Eingang betreten werden kann.

Ein großer hagerer Typ fängt mich im Flur ab und erklärt mir, dass Maylin wahrscheinlich ein leichtes Schleudertrauma und möglicherweise auch eine Gehirnerschütterung hat.

»Sie braucht erst mal Ruhe, aber mach dir keine Sorgen, es ist nichts Dramatisches«, tröstet er mich. »Morgen kannst du sie auf jeden Fall besuchen. Ich werde ihr aber natürlich sagen, dass du heute schon hier gewesen bist.«

Ich bedanke mich und trotte wieder ins Freie.

Inzwischen ist es kurz nach zwölf und eigentlich noch zu früh für den Küchendienst. Weil ich aber keine Lust habe, im Zimmer herumzuhängen (und dort womöglich auf Anna und Laura zu stoßen), und mir auch nicht einfällt, was ich sonst unternehmen könnte, mache ich mich auf den Weg zur Wiese mit den Holztischen, wo wir heute Morgen gefrühstückt haben.

Auf einer der Bänke liegt Susanne und döst in der Sonne. Ich will sie nicht stören und hocke mich möglichst weit von ihr entfernt an den Tisch. Mit dem Rücken zu ihr hole ich mein Handy heraus und wähle die Nummer vom *Dress 'n Veggies*.

Es dauert eine Weile, bis jemand abnimmt, aber dann ist es zum Glück gleich meine Mutter und nicht einer ihrer Angestellten. Als ich ihre Stimme höre, macht mein Herz einen Satz.

»Hallo, Moms!«, rufe ich.

»Emely?«, wundert sie sich. »Du? Ist alles in Ordnung?«

»Klar, wieso nicht?«

»Weil du mitten am Tag anrufst«, erwidert meine Mutter. »Ich erinnere mich nicht, wann das das letzte Mal vorgekommen ist.«

»Ach, na ja …«, druckse ich.

Moms lacht kurz auf. »Lass mich raten: Du hast Heimweh nach deinem Bruder!«, witzelt sie.

»Dann schon eher nach dir«, brumme ich. »Teo faulenzt doch bestimmt den ganzen Tag herum, oder nicht?«

»Ich würde eher sagen, er langweilt sich«, gibt meine Mutter zurück. »Seine Kumpels sind beide verreist, und ich glaube, er bereut es, dass er nicht mit an die Nordsee gefahren ist.«

»Tja«, sage ich und denke: Sein Pech.

Allerdings hätte er sich dort wahrscheinlich auch nur gelangweilt.

»Ein bisschen Heimweh habe ich wirklich«, setze ich hinzu. »Ich weiß schon nicht mehr, wie mein Zimmer aussieht.«

»Och, Süße, jetzt übertreibst du aber«, entgegnet Moms. »Eigentlich müsstest du froh sein, dass du eine Zeit lang nur unter Jugendlichen bist. Oder hast du etwa Streit mit Anna?«, fragt sie dann.

»Nein«, antworte ich ausweichend. »Jedenfalls nicht direkt.«

»Also ja«, kombiniert meine Mutter.

»Mhmmm.«

»Das ist bitter, Emely«, sagt sie und ihre Stimme klingt so warm und weich, dass ich mich darin einkuscheln könnte. »Und es tut mir sehr leid, dass es ausgerechnet in eurer gemeinsamen Ferienfreizeit passiert ist … andererseits überrascht es mich nicht«, fährt sie nach einem kurzen Zögern fort.

»Wieso denn das?«, entgegne ich, und plötzlich steigt aus meinem Magen tatsächlich ein bitterer Geschmack hoch. »Du weißt doch gar nicht, was los ist!«

»Stimmt«, sagt Moms. »Aber irgendwann musstet ihr euch ja mal in die Wolle kriegen. Ganz egal, aus welchem Grund.«

»Wieso denn das?«, frage ich noch einmal und der bittere Geschmack setzt sich in meiner Kehle fest.

»Weil ihr euch schon so lange kennt und immer gut miteinander ausgekommen seid.«

Na ja …

»Woher willst du das so genau wissen?«, brumme ich. »Oder hast du uns etwa immer belauscht?«

»Was für ein verrückter Einfall, Emely!«, erwidert meine Mutter leise lachend. »Wie hätte ich das wohl anstellen sollen?«

Eben!

»Hör zu, Schätzchen«, fährt sie fort, ehe ich zu einer Antwort ansetzen kann, »Streit ist etwas ganz Normales. Er ist sogar wichtig.«

Klar, wie man bei ihr und Pops gesehen hat!

»Und ich würde wetten, dass es sich bei Anna und dir entweder um ein Missverständnis handelt …«

Garantiert nicht!

»… oder es hat ganz einfach damit zu tun, dass ihr teilweise ganz unterschiedliche Interessen habt. Zu Hause, wo ihr nicht ständig vierundzwanzig Stunden am Tag zusammenhockt, spielt das vielleicht keine so große Rolle, weil jede von euch immer auch ausreichend Zeit für andere Dinge hat. Möglicherweise habt ihr einfach zu große Erwartungen an diese Ferienfreizeit gehabt und …«

»Moms, ich will nicht darüber reden, okay?«, falle ich ihr ins Wort.

»Okay«, sagt sie nach einer kurzen Pause, und nun hört sich ihre Stimme wieder genauso warm und weich an wie zu Beginn unseres Gesprächs. »Ich bin sicher, dass ihr euch wieder vertragt. Ihr habt euch doch viel zu gern, um euch dauerhaft zu zerstreiten.«

Alles in mir sträubt sich dagegen, meinen Zwist mit Anna in irgendeiner Weise als normale Sache anzusehen, die sich quasi ganz von selbst wieder einrenken wird. Trotzdem haben mich Moms Worte ein wenig getröstet.

Natürlich hat sie nicht die geringste Ahnung, wie speziell das Ganze ist, und dass es nicht einfach nur darum geht, dass im Gegensatz zu mir bei Anna gleich etwas aussetzt, wenn sie es mit Pferden (oder wie in diesem Fall mit Pferdebesitzerinnen) zu tun bekommt. Aber wenigstens habe ich jetzt ein bisschen Hoffnung, dass es zwischen uns vielleicht ja doch noch einmal wieder so wie früher werden kann.

Kurz nach dem Gespräch mit Moms versuche ich Pops zu erreichen. Es meldet sich allerdings nur die Mailbox, die ich nicht vollquatschen will. Außerdem sind wir ja sowieso für heute Abend zum Skypen verabredet.

Also spaziere ich in die Küche hinüber, wo ich auf Kim und Lisa und ein weiteres Mädchen treffe, die bereits angefangen haben, Teller aufzustapeln und Besteck herauszusuchen.

Alle drei plappern aufgeregt durcheinander und erzählen von ihren Erlebnissen vom Vormittag.

»Den kleinen Felsen habe ich in zwei Minuten geschafft«, erzählt das fremde Mädchen, das schulterlange braune Haare und blaue Augen hat.

»Der große ist ja auch nur was für echte Profis«, wirft Kim ein. »Aber die Holzwände sind auch total schwer zu besteigen.«

»Klar«, meint Lisa. »Die sind ja auch viel steiler.«

»Sie lassen sich sogar kippen«, erwidert Kim. »Ich habe

gesehen, wie einer von den älteren Jungs fast waagerecht daran entlanggekraxelt ist.«

»Und?«, erkundigt sich das Mädchen mit den braunen Haaren. »Hat er es geschafft?«

»Nee.« Kim schüttelt den Kopf. »Nur bis zur Hälfte. Allerdings stand da auch so ein Dämelack herum und hat blöde Sprüche geklopft, von wegen, das würde er doch eh nie schaffen und so.«

Das Mädchen lacht auf.

»Meinst du etwa diesen Idioten, der die Wände hoch ist, als wäre er Spiderman höchstpersönlich, dann aber jedes Mal schon vor der Hälfte wieder runtergefallen ist wie ein nasser Sack?«

»Wenn er einen OlaSeku-Schnitt hat und ungefähr vierzehn Jahre alt ist …«, erwidert Kim schulterzuckend.

»Frederik!«, platzt es aus mir heraus.

»Ja, genau so heißt er!« Das Mädchen dreht sich zu mir um. Ihre blauen Augen mustern mich neugierig. »Kennst du den etwa?«

»Wir waren heute Morgen gleichzeitig drüben im Büro und er hat einen ziemlichen Aufstand gemacht«, erwidere ich.

»Davon hast du ja gar nichts erzählt«, stößt Lisa verwundert hervor.

»Na ja«, meint das Mädchen abwinkend, »es hatte wahrscheinlich gar nichts mit dir zu tun.«

»Nicht direkt«, sage ich. »Er wollte sich auch zum Gelände-Biken anmelden, doch er kam zu spät. Ich bin vor ihm im Büro gewesen.«

»Oh, oh!«, ruft das Mädchen mit den braunen Haaren. »So was mag er gar nicht. Ich heiße übrigens Harriet«, stellt sie sich vor. »Und was Frederik betrifft: Er ist jetzt schon das fünfte oder sechste Mal hier und macht ständig irgendwelchen Ärger. Letztes Jahr hätten sie ihn in den Osterferien fast nach Hause geschickt, weil er im Hochseilgarten einen anderen Jungen von einer Plattform geschubst hat, obwohl er seinen zweiten Karabinerhaken noch gar nicht eingehängt hatte.«

Mir sinkt das Herz in die Hose, als ich das höre.

»Meine Freundin ist heute auch im Hochseilgarten verunglückt, weil das Sicherungs…«

»Nee, nee, nee.« Harriet schüttelt energisch den Kopf. »Frederik hält sich vielleicht für was Besseres, aber blöd ist er nicht. Der macht so was garantiert nicht zweimal hintereinander.«

Lisa sieht mich bestürzt an.

»Du redest doch nicht etwa von Maylin, oder?«, fragt sie. »Ist sie deshalb noch nicht hier?«

»Genau.« Ich nicke. »Maylin liegt auf der Krankenstation. Sie ist aber nicht schlimm verletzt«, füge ich hastig hinzu.

Lisa und Kim atmen auf und ich wende mich wieder Harriet zu. »Bist du sicher, dass Frederik …?«

Auch diesmal lässt sie mich nicht ausreden.

»Todsicher!«, platzt sie dazwischen »Damals ist nämlich sein Papi angereist und hat dem Camp ein paar neue Rafting-Boote spendiert. Frederik hat den Reumütigen gegeben, sich bei dem Jungen entschuldigt und die Geschichte war gegessen. Seitdem spielt er sich auf wie der König von England, hält sich sonst aber zurück.«

Tja, das weiß ich leider besser. Trotzdem beruhigt mich diese Schilderung ein wenig. Okay, Frederik hat versucht, mir Angst zu machen, aber nach allem, was Harriet über ihn erzählt hat, wird er es wohl nicht wagen, mir irgendwas Gemeines anzutun.

Auf der Verlustliste

Zum Mittagessen bleibt fast die Hälfte der Plätze unbesetzt. »Das ist nichts Ungewöhnliches«, meint Harriet, die spontan für Maylin eingesprungen ist und uns beim Tischdecken geholfen hat. »Die meisten, die an Ganztagesaktionen teilnehmen, werden dort mit Essen versorgt, und manche holen sich auch einfach an einem der Imbissstände was. Würde mir übrigens nie einfallen«, setzt sie grinsend hinzu. »Das Mittagessen hier ist nämlich immer besonders lecker.«

Dem kann ich nur zustimmen.

Heute zum Beispiel gibt es Nudelauflauf mit Brokkoli und Schinken. Ich kriege zwar kaum etwas davon herunter, aber das liegt einzig und allein daran, dass sich mein Magen wie zugeschnürt anfühlt, weil ich ununterbrochen an Maylin – und Anna! – denken muss.

Sie und Laura sind übrigens auch nicht aufgetaucht, worüber ich einerseits beinahe erleichtert bin. Wenn ich nämlich mit ansehen müsste, wie sie ihre Köpfe zusammenstecken und die heiligen Unschuldsengel spielen, würde ich mich nur wieder aufregen. Auf der anderen Seite wüsste ich natürlich schon gerne, was die beiden möglicherweise als Nächstes aushecken.

Laura hat eindeutig einen schlechten Einfluss auf Anna, und mir fällt es verdammt schwer, mich damit abzufinden, dass ich dem nichts entgegensetzen kann.

»Kopf hoch, Emely«, versucht Lisa mich aufzumuntern. »Du hast doch selber gesagt, dass Maylin bald wieder auf den Beinen ist. Und wenn deine Pläne für den Nachmittag jetzt dahin sind, dann komm doch einfach mit uns in den Klettergarten.«

»Das ist total lieb von euch«, bedanke ich mich, »aber ich glaube, das ist nichts für mich. Ich guck mich einfach mal ein bisschen um, und wenn mir langweilig wird, kann ich ja immer noch bei euch vorbeischauen.«

Am Nachmittag zieht sich der Himmel zu und kurz darauf fängt es an zu regnen. Ich breche meinen Rundgang ab, ziehe mir meine Häkelmütze etwas tiefer in die Stirn und laufe zu unserer Hütte zurück.

Auf dem Flur kommt mir Anna entgegen. Sie sieht total verzweifelt aus und scheint es ziemlich eilig zu haben.

»Was ist denn los?«, rutscht es mir heraus, als sie gerade an mir vorbeigestapft ist.

»Nix!«, knurrt sie. Dann bleibt sie plötzlich stehen und guckt mich unschlüssig an. »Mein Handy ist weg.«

»Oh!«

»Wahrscheinlich habe ich es im Hochseilgarten verloren. Laura sucht schon die ganze Zeit danach.«

»Hoffentlich findet ihr es«, sage ich.

Anna nickt und rührt sich nicht von der Stelle, und auch ich stehe da, als ob ich in einen Eimer Pattex gelatscht wäre.

Natürlich könnte ich mich anbieten, mitzukommen und ihnen beim Suchen zu helfen, und vielleicht erwartet sie das sogar. Aber alles in mir sträubt sich dagegen.

Laura hat über Maylins Absturz gelacht, und Anna hat dafür gesorgt, dass ich sie nicht schnappen und zur Rede stellen kann. Dessen bin ich mir absolut sicher, und diese Sache steckt mir zu tief in den Knochen, als dass ich sie mal eben so vergessen könnte.

»Hast *du* mir diesen Gelände-Bike-Flyer unters Kopfkissen gelegt?«, blafft Anna mich an.

»Was?« Verdattert schüttele ich den Kopf. »Nein!«

»Du machst da also nicht mit?«

»Und wenn?«

»Dann wärst du ziemlich bescheuert«, brummt sie.

Das ist ja wohl ganz allein meine Sache, will ich antworten, aber Anna dreht sich einfach um und rennt nach draußen.

Ich gucke ihr hinterher wie eine Idiotin und trage einen heftigen Kampf mit mir selbst aus. Am Ende gewinnt mein Verstand. Es ist ABSOLUT RICHTIG, ihr nicht nachzulaufen, solange die Sache mit Maylin nicht geklärt ist. Jawohl!

Immerhin ist Anna eben nicht einfach weitergezischt, als ich sie angesprochen habe, sondern hat mir von ihrem verlorenen Handy erzählt. Außerdem hat sie sich darüber aufgeregt, dass ich beim Gelände-Biken mitmachen will, was bedeutet, dass sie sich nach wie vor Sorgen um mich macht.

Noch ist also nicht alles verloren.

»Du wirst einen Weg finden, Em«, murmele ich.

Anna muss kapieren, dass Laura keine gute Freundin ist,

weil sie sie dazu verleitet, Dinge zu tun, die Anna von sich aus niemals machen würde. Bloß wie?

Ich drücke die Tür hinter mir zu, lasse mich auf einen Stuhl sinken und überlege. Dabei fällt mein Blick auf Annas Reisetasche, die halb geöffnet neben ihrem Bett steht. Was, wenn sie ihr Handy gar nicht verloren, sondern im Tran in die Tasche gesteckt hat?

»Dann könntest du es jetzt für sie finden«, murmele ich.

Und auf diese Weise ein paar Pluspunkte sammeln.

Ehe ich mich versehe, stehe ich vor Annas Bett, hocke mich neben die Reisetasche und ziehe den Reißverschluss ganz auf.

Tatsächlich hat Anna nur eine weitere Jeans, ein paar T-Shirts, zwei Pullis und Unterwäsche eingepackt. Der größte Teil ihres Gepäcks besteht aus Wollknäueln, Stoffresten, Borten und Perlen.

Die dunkelgraue Strickmütze liegt ganz obenauf, und ich finde auch noch einen kleinen Rest des Garns, aus dem sie gemacht ist. Anna hat diese Mütze also nicht von Laura ausgeliehen, sondern selbst gestrickt! Logisch! Die dicken Silberperlen hätten mich eigentlich sofort darauf bringen müssen.

Ich fahre mit der Hand einmal rundum an den Innenwänden der Tasche entlang, aber dort ist das Handy nicht hingerutscht. Auch zwischen den Klamotten und den Handarbeitssachen ertaste ich es nicht. Dafür stoße ich auf eine kleine Papiertüte, in der sich ein Nadelspiel und eine angefangene Mütze aus bunten Ringeln in Anna-Farben befindet: Schilfgrasgrün, Sonnenuntergangsorange und Zitronenpuddinggelb.

Mir wird ganz weh ums Herz, als ich das Teil aus der Tüte nehme und mit den Fingerspitzen über die weiche Wolle streiche.

Plötzlich schlägt irgendwo im Haus eine Tür. Wie ertappt zucke ich zusammen. Ich greife nach der Tüte, um das Mützenstrickzeug zurückzustecken, da fällt mir zwischen den Knäueln noch etwas anderes ins Auge: zwei aus Lederbändchen und hübsch gemusterten Perlen geknotete Armbänder: das eine in Brombeerrot- und das andere in Himmelmeertürkis-Tönen!

Mein Herz zerspringt in zwei Teile.

Als hätte ich mich daran verbrannt, lasse ich die Armbänder in die Tüte zurückfallen, stopfe die Ringelmütze dazu und lege alles wieder an seinen Platz in die Reisetasche zurück.

Wie benommen stolpere ich zu meinem Bett hinüber.

So weit ist es jetzt also schon: Anna macht aus den Zutaten, die sie für uns auf dem Flohmarkt gekauft hat (und die ich von Oma Berlins Geld bezahlen soll) Freundschaftsarmbänder für sich und Laura!

Wegen des Regens findet das Abendessen im Gemeinschaftsraum neben der Küche statt, und bis auf drei Tische sind alle komplett besetzt. Harriet hat sich bereit erklärt, Maylins Dienst zu übernehmen, worüber ich ziemlich froh bin, denn sie hat einen guten Überblick und sieht sofort, wo etwas fehlt, beziehungsweise schiefläuft. Die Geschichte mit den Freundschaftsarmbändern hat mich ziemlich fertiggemacht, sodass ich mich nicht konzentrieren kann und wie ein falsch programmierter Roboter zwischen Gemeinschaftsraum und Küche hin und her laufe. Ich verwechsele Messer und Gabeln, verteile die Wurstscheiben auf dem Käsehobel und leere beinahe ein Gurkenglas in der Spüle aus. Harriet fischt es mir im letzten Moment aus der Hand und raunt: »Setz dich bloß hin! Ich mach das schon.«

Artig befolge ich ihren Befehl und steuere auf meinen Platz zu. Am Tisch gegenüber haben sich mittlerweile Anna und Laura niedergelassen. Annas Augen sind verheult und sie sieht total niedergeschlagen aus, was Laura jedoch überhaupt nicht zu bemerken scheint. Ausgelassen plappert sie auf meine Freundin ein.

»Mann, die hat wohl Hornhaut auf den Nervenzellen!«, brumme ich.

»Was hast du gesagt?«, fragt Kim irritiert, die sich gerade neben mich gesetzt hat.

»Nicht so wichtig«, winke ich ab, nehme mir eine halbe Tomate und lege eine Salamischeibe darauf.

»Meine Güte!«, stöhnt Kim. »Du bist heute aber ganz schön durch den Wind.«

»Ups«, sage ich, ringe mir ein Grinsen ab und angle mir hastig noch eine Scheibe Graubrot aus dem Korb.

Zu Anna und Laura sehe ich lieber nicht mehr rüber.

Um halb acht gehe ich duschen, putze mir die Zähne und schlüpfe in meine schwarze Lieblings-Leggins und einen kuscheligen Hoodie.

Pops hat mir inzwischen eine SMS geschickt, in der er halb neun für unser Skype-Date vorschlägt.

Wenn es dir passt, Prinzessin. Melde dich, wenn dir etwas anderes lieber ist. Ich habe den ganzen Abend Zeit.

Auf dem Rückweg in unser Zimmer sehe ich, wie Anna und Laura im Gemeinschaftsraum verschwinden, wo man abends zum Quatschen zusammenhocken und Brettspiele machen kann.

Na, umso besser! Dann werde ich mich eben für meine Verabredung mit Pops ganz gemütlich ins Bett hocken.

Zum Tablet gehört außer Ohrstöpseln auch noch ein Headset, was ich ungeheuer praktisch finde. Ich pflanze es mir auf den Kopf, schaue noch kurz die Fotos durch, die Pops mir gemailt hat und die absolut toll geworden sind, und kurz darauf steht die Verbindung.

Mein Vater sitzt auf dem Fußboden, mit dem Rücken an seinen Schreibtisch gelehnt, und ehe ich fragen kann, was er da macht, hebt er Missie H. ins Bild.

»Och, meine Süße!«, rufe ich. »Geht es dir gut?«

Als Antwort fängt Missie H. an zu schnurren, paddelt mit den Vorderpfoten und leckt mit ihrer kleinen rosa Zunge hektisch über den Bildschirm.

»Wie du siehst, geht es ihr sehr gut«, meint Pops lachend und legt das Kätzchen in seine Armbeuge, wo es sich sofort einkuschelt. »Tagsüber kümmert sich meistens Phineas um sie und nachts schläft sie bei mir.«

»Phineas?«, rufe ich erstaunt.

Sofort macht Pops ein ernstes Gesicht.

»Ich hoffe, du hast nichts dagegen?«

»Nee, ist schon okay«, sage ich. »Ich dachte bloß, er wäre gar nicht mehr in der Pension.«

»Doch, doch«, erwidert Pops. »Er war nur ein paar Tage bei seinem Onkel …«

»Weil er mir nicht über den Weg laufen wollte!«, platzt es aus mir heraus.

»Unsinn, Prinzessin.« Mein Vater schüttelt grinsend den Kopf. »So leicht lässt sich der Junge nicht erschüttern. Nein, nein. Tanjas ältester Bruder arbeitet auf einer Seehundstation. Und dort hat Phineas ausgeholfen.«

Oh wow! Eine Seehundstation! Die hätte ich mir allerdings auch gerne angeschaut!

»Das machen wir nächsten Freitag, wenn du wieder hier bist«, verspricht Pops, als hätte er mir die Gedanken von der Stirn abgelesen. »Und jetzt erzähl mal … Wie gefällt es dir in diesem Abenteuercamp?«

»Ja … also …«, beginne ich, den Blick fest auf die schlummernde Missie H. geheftet. »Es ist wirklich ganz schön abenteuerlich hier … Maylin hatte einen Unfall im Hochseilgarten, Anna hat ihr Handy verloren und ich habe mich zum Gelände-Biken angemeldet …«

»Ein Unfall?«, unterbricht Pops mich.

»Ja, ist aber nicht schlimm«, erwidere ich gähnend. »Sie hat sich nichts gebrochen … nur ein leichtes Schleudertrauma und vielleicht eine Gehirnerschütterung.«

»Meinst du wirklich, dass dieses Gelände-Biken das Richtige für dich ist?«, fragt Pops besorgt. »Du bist hoffentlich vorsichtig!«, ermahnt er mich.

»Klar bin ich das«, murmele ich, schiebe das Tablet auf die Seite und lasse mich ins Kopfkissen sinken. Keine Ahnung, wieso ich auf einmal so müde bin. Offenbar hat der Tag mich ziemlich geschafft. Ich gähne noch einmal und schließe die Augen. Pops' Stimme rückt in weite Ferne … ich kann kaum noch verstehen, was er sagt … und auch seine tollen Vogelfotos nicht mehr loben …

Ein Schrei ertönt. Ich falle in die Tiefe – und bin mit einem Ruck wach. Es ist dunkel um mich herum, nur mein Handy-Display leuchtet. Es ist 00:38 Uhr.

Du liebe Güte! Wer schreibt mir denn so spät noch? Das kann eigentlich nur Jona gewesen sein. Oder Teo, dieser Lappen!

Ich checke die Eingänge. Auf WhatsApp ist nichts Neues reingekommen. Aber es gibt eine Info-SMS von meinem Anbieter, gesendet um 00:35. Suuuper Service! Aber ich bin ja selber schuld, wenn ich einfach einpenne, ohne vorher das Tablet runterzufahren und mein Smartphone auszuschalten. Ich will es gerade nachholen, als mir eine weitere Nachricht ins Auge sticht. Es ist eine MMS von Anna! Abgeschickt um 17:42 Uhr.

Hoppla! Um die Zeit stand ihr Handy doch bereits auf der Verlustliste!

Ich lade die MMS hoch – und erstarre!

Das Foto zeigt Maylin, wie sie zappelnd und schreiend am Sicherungsseil baumelt.

»Was ist denn das für ein Mist?«, murmele ich, setze mich auf und schaue mir das Bild etwas genauer an.

So viel ist klar: Anna und Laura haben sich über Maylins Unglück lustig gemacht und sie in ihrer misslichen Lage geknipst. Dann ging Annas Handy verloren … oder wurde gestohlen … und irgendjemand hat dieses Foto aus Spaß an mich … und womöglich auch noch andere Nummern aus Annas Adressenliste verschickt.

Puh! Wie gemein ist das denn! So etwas würde zu Frederik passen, allerdings müsste es schon ein gigantischer Zufall gewesen sein, wenn Annas Handy ausgerechnet ihm in die Hände gefallen wäre.

Und wenn sie es doch selber war? Aber wieso? Sie weiß doch, wie sauer ich wegen der Maylin-Geschichte bin. Oder will sie damit den Verdacht endgültig von Laura ablenken? Mannomann, das wäre aber ganz schön krass.

Ich versuche mich daran zu erinnern, wie spät es war, als wir uns heute Nachmittag hier im Flur begegnet sind. Auf jeden Fall ist es vor fünf Uhr gewesen. Und da war Laura noch im Hochseilgarten und hat nach dem Handy gesucht …

Ich überlege nicht lange, sondern folge meiner Eingebung, hole Annas Nummer aus dem Speicher und tippe auf das Verbindungs-Icon. Drei Sekunden später ertönt das vertraute altmodische Telefonbimmeln, das Anna so cool findet.

Ich sitze da mit klopfendem Herzen und einem tauben Gefühl im Kopf und fange an zu zählen:

»Eins … zwei … drei … vier …«

Bei Fünf geht Annas Nachttischlampe an und ein zerzauster roter Lockenkopf erhebt sich vom Kopfkissen.

»Mein Handy«, murmelt Anna und blinzelt gegen das Licht. »Ich hab mein Handy wiedergefunden. Es muss hier irgendwo sein.«

»Was?«, stöhnt Laura.

Einen Atemzug später sitzt sie aufrecht im Bett, klaubt ihre Jeans vom Boden auf und zerrt sie unter ihre Bettdecke. Das Bimmeln ist nun dumpf und leise und verstummt schließlich ganz.

»Du hast es ja doch!«, ruft Anna und springt mit einem Satz aus dem Bett.

»Sie war sogar so nett, mir das Foto zu schicken, das du von Maylin gemacht hast«, sage ich.

Anna reißt die Augen auf und glotzt mich an. »Du bist wach?«

Ich zucke mit den Schultern.

»Was glaubst du wohl, wer gerade auf deinem Handy angerufen hat?«

»Siehst du!«, keift Laura los. »Hab ich dir nicht gesagt, dass sie eine hinterhältige Kuh ist!«

»*Ich*?«, stoße ich aus. »Ich glaub, es hackt!«

»Du hast mein Handy«, wiederholt Anna und geht wie am Faden gezogen auf Laura zu. »Ich suche es wie blöd, dabei ist es die ganze Zeit in deiner Jeans gewesen.« Sie baut sich vor Lauras Bett auf und streckt ihre Hand aus. »Gib es mir! Sofort!«

»Es war ein Versehen, Mann!«, knurrt Laura und wühlt die Jeans wieder hervor. »Ich hab's einfach vergessen. So was kann ja mal vorkommen.«

»Vergessen. Ts!« Fassungslos tippe ich mir an die Stirn. »Sieh lieber mal nach, an wen sie das Foto noch verschickt hat.«

»An niemanden!«, blafft Laura mich an. Sie knallt Anna die Jeans vor die Füße. »Das passiert bei diesen scheiß Teilen nämlich ganz von allein, wenn man sie in der Hosentasche hat.«

Anna wirft mir einen kurzen Blick zu, dann schnappt sie sich ihr Handy und tippt darauf herum.

»An meine große Schwester … meine Mutter … an meine Tante … an unsere Klassensprecherin … an fast alle!«, schnaubt sie. »*Das* passiert garantiert nicht automatisch!«

Sie wendet sich ab und tapst wie ein geprügelter Hund zu ihrem Bett zurück.

»Ich hab Maylin nicht fotografiert«, sagt sie mit zitternder Stimme. »Und ich hab auch nicht über sie gelacht … So wie du! Ich hab dir das Handy geliehen, weil dein Akku angeblich leer war.«

»Das war er auch!«, faucht Laura.

»Wieso machst du so was?«, krächzt Anna. »Wolltest du, dass mich keiner mehr leiden kann?«

»Oh, mein Gott, du redest so einen Müll!«, giftet Laura los. »Ich bleibe keinen einzigen Tag mehr mit dir in einem Zimmer!«

»Ich glaube, du kannst froh sein, wenn du morgen überhaupt noch hier sein darfst«, gibt Anna wütend zurück. »Du wirst dich bei Maylin entschuldigen und …«

»Gar nichts werde ich!«, knurrt Laura.

»… oder ich erzähle Susanne und Carla, was du dir geleistet hast«, setzt Anna entschlossen hinzu.

Dann knipst sie ihr Licht aus und zieht sich die Decke über den Kopf.

Ich lege mich ebenfalls wieder hin, drehe mich zur Wand und versuche mich zu beruhigen. Einerseits bin ich froh, dass die Freundschaft zwischen Anna und Laura nun vorbei ist. Andererseits verstehe ich nicht, wie meine Freundin überhaupt auf dieses Mädchen reinfallen konnte. Und ehrlich gesagt, weiß ich auch nicht, wie es jetzt überhaupt weitergehen soll.

Bike und Birke

Am Sonntagvormittag wird Maylin von der Krankenstation entlassen. Gleich nach dem Frühstück flitze ich ins Backsteinhaus hinüber, um sie abzuholen.

»Alles perfekt!«, begrüßt sie mich lächelnd. »Keine Ahnung, wieso du mich gestern nicht besuchen durftest. Ich habe nicht die Spur einer Gehirnerschütterung und das mit dem Schleudertrauma war ebenfalls reine Spekulation«, sprudelt es aus ihr hervor. »Mir tun bloß die Muskeln weh, weil ich sie vor Schreck angespannt habe. Schade eigentlich, sonst wäre es ein echter Bungee-Flug gewesen.«

»Oh Mann, du hast vielleicht Nerven«, entgegne ich, schlinge ihr meine Arme um den Hals und drücke sie an mich. »Ich bin so froh, dass dir nichts passiert ist.«

Maylin erwidert meine Umarmung nur zögernd und löst sich dann hastig von mir.

Auf dem Weg zur Wohnhütte erzähle ich ihr von Anna und Laura und der Geschichte mit dem Handy und dem Foto.

»Ein paar Mädchen aus unserer Klasse haben es blöderweise auch bekommen«, sage ich zerknirscht. »Ich bin mir aber ziemlich sicher, dass Anna alles richtigstellen wird.«

Doch komischerweise scheint Maylin das gar nicht so sehr zu interessieren.

»Redet ihr etwa noch immer nicht miteinander?«, fragt sie und der Vorwurf in ihrer Stimme ist nicht zu überhören.

»Na ja, nicht so richtig«, erwidere ich achselzuckend. »Es ist eben alles nicht so einfach.«

»Hast du sie noch gern?«, fragt May in einem Tonfall, als würde sie mich verhören.

»Klar, hab ich das, aber ...«

»Dann ist es auch nicht schwer, sich wieder zu versöhnen«, brummt sie. »Man muss nur einen Anfang finden.«

Doch genau das ist das Problem. Ich weiß nicht, wo ich beginnen soll, und immer, wenn ich mal etwas länger zu Anna hinübersehe, guckt sie sofort weg. Dabei müsste sie mich eigentlich zuerst ansprechen. Finde ich. Aber vielleicht will sie das ja gar nicht. Vielleicht hat sie sich bereits damit abgefunden, dass es vorbei ist – und ich mich jetzt mit Maylin richtig gut verstehe.

Trotzdem tut es ganz furchtbar weh, und damit ich nicht ständig darüber nachdenke, durchstreifen May und ich den ganzen Sonntagnachmittag das Gelände. Wir schauen uns das Bungee-Jumping an, bei dem man allerdings erst mitmachen darf, wenn man mindestens sechzehn Jahre alt ist. Danach hüpfen wir über eine Stunde durch den Trampolinpark und gucken zum Schluss noch Lisa, Kim und Harriet beim Klettern zu. Dort treffe ich auch auf Frederik, der mich mit finsteren Blicken bombardiert – die ich ebenso finster erwidere.

Nach dem Abendessen kommt Maria zu uns ins Zimmer, erkundigt sich, ob alles in Ordnung ist, und reicht mir ein

Bündel, bestehend aus einer selbstaufblasenden Luftmatratze und einem Schlafsack. Ich packe Klamotten und Waschzeug für drei Tage in meinen Rucksack und gehe mit ziemlich gemischten Gefühlen ins Bett. Aufregung und Unbehagen halten mich noch eine ganze Weile wach, und plötzlich finde ich mich inmitten eines wilden Fahrradrennens wieder, in dem Frederik und ich uns einen erbitterten Kampf um den Sieg liefern. Kurz vor dem Ziel bringt mich eine aus dem Boden ragende Steinkante zum Sturz. Das Publikum klatscht und lacht und Anna fotografiert.

Ich schrecke aus dem Schlaf hoch und bin unendlich erleichtet, als ich feststelle, dass ich nur geträumt habe.

Gleich nach dem Frühstück sammelt Maria uns ein und kutschiert uns (fünf Mädchen und sieben Jungs) in einem Kleinbus quer durch das Camp am Hochseilgarten vorbei bis zu einer kleinen Zeltwiese, wo wir von einem Trainer (Sven) und zwei Betreuern (Kay und Rita) empfangen werden.

Die Zelte sind bereits aufgebaut und ich breite meine Luftmatratze neben der von Kati aus. Sie hat im Bus neben mir gesessen, ist ein halbes Jahr älter als ich und eine echte Plaudertasche, was mir gut gefällt. Denn es lenkt mich perfekt von meiner Grübelei wegen Anna ab.

Außer den beiden Zelten gibt es auch hier ein Holzhaus, in dem eine kleine Küche, ein überdachter Essplatz für ungefähr fünfzehn Personen, zwei Waschräume und ein Abstellraum für die Fahrräder untergebracht sind.

Zuerst bin ich ein wenig enttäuscht, als ich feststelle, dass es keine BMX-Räder, sondern echte Mountainbikes sind, und das Gelände-Biken mit dem, was Jonathan macht, offensichtlich nicht viel gemein hat. Aber nachdem der ruhige dunkelhaarige Sven und die quirlige Rita mit den grünen Ponysträhnen uns die Gangschaltung und den Sattelspanner erklärt und ein paar Pedal- und Bremstechniken gezeigt haben, dürfen wir auf dem flachen freien Gelände hinter der Wiese üben – und das bringt richtig Spaß!

Gegen halb elf brechen wir dann zu unserer ersten Tour auf. Rita fährt vorweg. Kay, der mich mit seinen braun-grünen Augen und dem fröhlichen Lachen ein wenig an Pops erinnert, bleibt in der Mitte und Sven startet als Letzter.

Es geht querfeldein, einen gewundenen Pfad entlang, durch ein Wäldchen und schließlich über eine matschige Wiese eine kleine Anhöhe hinauf. Beides ist superanstrengend, aber ich kriege es hin, ohne abzusteigen oder ins Schlingern zu geraten.

Rita stoppt ihr Bike und brüllt: »Bitte hier oben mal anhalten!«

Kati und ich sind unter den ersten sechs: wir zwei Mädchen und vier Jungs, einer älter als wir, die anderen drei höchstens zehn.

Auf der anderen Seite geht es relativ steil bergab, über eine natürliche Grasrampe hinweg in eine kleine Sandgrube hinein.

Rita wartet, bis alle die Anhöhe erreicht haben, dann erklärt sie, wie wir es hinkriegen, die Rampe zu nehmen, ohne uns gleich dahinter im Sand auf die Nase zu legen.

Sven macht es uns vor: Sattel runterschieben und im Stehen fahren, mit der Bremse die Geschwindigkeit regulieren und sanft über die Rampe abkippen, dabei den Lenker hochziehen und mit dem Hinterrad zuerst aufkommen.

Der ältere Junge beginnt und ihm folgt mit etwas Abstand einer der drei Zehnjährigen. Bei beiden klappt es ziemlich gut.

Danach bin ich dran. Mit mäßiger Geschwindigkeit halte ich auf die Rampe zu. Ich kann die Kante bereits sehen, und dass es dahinter ungefähr einen halben Meter abwärts geht. Eigentlich keine große Sache.

Da ertönt hinter mir ein Aufschrei. »Bist du verrückt geworden!«, brüllt Rita und Kay ruft: »Emely! Achtung!«

Im nächsten Moment rast einer der anderen beiden Zehnjährigen an mir vorbei. Ich bremse scharf ab, damit unsere Räder nicht zusammenrasseln, und der Junge fliegt in hohem Bogen über die Rampe. Ich trete wieder in die Pedale, hebe den Lenker leicht nach links und lande knapp neben dem Jungen im Sand. Es ist ein Wunder, dass ich nicht stürze, noch mehr erstaunt mich allerdings, dass auch der Junge sein Bike sicher auf beiden Rädern hält.

»Du Spinner!«, blaffe ich ihn an.

»Was kann ich denn dafür?«, erwidert er und schüttelt sich mit einer ruckartigen Kopfbewegung das helle Haar aus der Stirn. »Mein Rad ist einfach losgerollt. Ich konnte es nicht mehr aufhalten.«

»Ja, klar!« Ich zeige ihm einen Vogel. »Dann bist du wohl ein Naturtalent!«

Sven und die beiden Betreuer sind ebenfalls total sauer.

»Noch ein Mal, Ben«, poltert Kay, »und ich bringe dich eigenhändig in deine Wohnhütte zurück.«

»Das war ich nicht, das war das blöde Fahrrad«, beharrt

Ben, woraufhin Sven sein Bike eingehend überprüft und schließlich den Kopf schüttelt.

»Alles in Ordnung«, stellt er fest und setzt Ben den Zeigefinger auf die Brust. »Ab sofort machst du keine Alleingänge mehr, sondern bleibst in meiner Nähe.«

Gegen Mittag erreichen wir einen See, wo wir eine kurze Pause einlegen, etwas trinken und uns mit Obst und Müsliriegeln stärken, und nachmittags kehren wir dann wieder zur Zeltwiese zurück.

Kati und ich flitzen direkt unter die Dusche, und als wir eine Viertelstunde später mit Handtuchturbanen um den Kopf auf unser Zelt zulaufen, steht plötzlich Anna da.

Verdutzt halte ich in der Bewegung inne.

»Kann ich dich mal sprechen?«, fragt sie beinahe schüchtern.

»Ja … klar«, sage ich und gehe langsam weiter auf sie zu, bis uns nur noch eine Armlänge voneinander trennt.

Vor Aufregung kann ich kaum noch richtig atmen.

»Maylin hat mir den Flyer unters Kopfkissen gelegt«, beginnt sie. »Du weißt schon, den von diesem Gelände-Biken hier.«

»Aha«, sage ich.

Das sieht May ähnlich.

»Sie hat uns in der Schule manchmal beobachtet«, fährt Anna stockend fort. »Und da hat sie mitgekriegt, dass es mich immer ziemlich genervt hat, wenn du zu wild mit dem Skateboard unterwegs warst. Ich glaube, sie mag uns.«

Ich nicke. »Ja, das tut sie. Und sie findet es blöd, dass wir uns zerstritten haben.«

Anna senkt den Blick und pfriemelt an ihrem Jackenzipper herum.

»Maylin hat gedacht, wenn ich den Flyer finde, würde ich annehmen, dass du ihn dorthin getan hast. Sie hat gehofft, dass wir uns deswegen so richtig zoffen, uns dann aber wieder versöhnen.« Anna schielt mich unter ihrer Ponylocke hinweg an. »Ganz schön crazy, oder?«

»So ist sie eben«, erwidere ich. »Ich finde es übrigens auch ziemlich blöd, dass wir zerstritten sind.«

Anna zieht den Zipper auf und wieder zu. Das macht mich total nervös.

»Ich wollte das nicht«, sagt sie gepresst. »Ich hab gedacht, dass wir zu dritt befreundet sein können.«

»Hätten wir ja auch. Wenn Laura okay gewesen wäre.«

Anna schluckt.

»Leider hab ich das zu spät kapiert«, gibt sie leise zurück. »Ich wollte nett zu ihr sein, hab ihr den ganzen Schrank und mein Handy überlassen und nicht gemerkt, dass sie mich die ganze Zeit anlügt und mich bequatscht, irgendwelche Sachen zu machen, die ich gar nicht will. Ich glaube, sie hat gar kein Pferd und reiten kann sie auch nicht. Immer wenn ich sie dazu überreden wollte, uns die Ponys anzusehen, hat sie sofort das Thema gewechselt. Keine Ahnung, was mit ihr los ist.«

»Ist ja auch egal, oder?«, sage ich.

Bei manchen Leuten bringt es einfach nichts, wenn man sich über sie das Gehirn zergrübelt.

»Es tut mir so leid, Em«, platzt es aus Anna heraus. »Das mit Maylin und dem Foto kann ich nie wiedergutmachen. In der Schule werden sie jetzt nämlich nur noch mehr über sie lachen. Und das mit uns …«

Ich lasse sie nicht ausreden, sondern mache einen letzten Schritt auf sie zu und nehme sie ganz fest in den Arm.

»Du bist eine doofe Kuh, aber du bist trotzdem die beste Freundin der Welt«, murmele ich in ihr Ohr.

»Du bist doch selber …«, will Anna einwenden.

»… eine doofe Kuh, ich weiß«, falle ich ihr ins Wort und dann starten wir einen kleinen Wettkampf im Sich-gegenseitig-fest-Umarmen, bis wir beide kichern müssen. Dabei löst sich der Handtuchturban von meinem nassen Haar und rutscht zu Boden.

»Ich hab sowieso was Besseres«, sagt Anna, und während ich das Handtuch aufhebe, zieht sie die dunkelgraue Wollmütze mit den Silberperlen unter ihrer Jacke hervor. »Schade eigentlich, dass sie dir nicht gefällt. Ich hab sie nämlich für dich gemacht.«

Weiß ich doch, rutscht es mir beinahe über die Lippen, und ich schaffe es gerade noch ein »Eheeecht?« zu quieken.

»Ja, echt«, erwidert Anna und zieht mir die Mütze über den Kopf.

»Ich finde sie super«, beteuere ich. »Ich dachte bloß, dass sie Laura gehört. So, wie die anderen Sachen, die du anhattest.«

»Hmmm. Ich muss dir übrigens noch was sagen«, druckst Anna. »Und ich hoffe, dass du nicht gleich wieder sauer wirst.«

»Kommt darauf an«, erwidere ich übermütig.

Im Moment bin ich nämlich so happy, dass mich garantiert nichts mehr schocken kann.

»Es ist was Ernstes«, sagt Anna eindringlich und schiebt ihre Augenbrauen über der Nasenwurzel zusammen, als wären es Gewitterwolken. »Du bist hier nicht sicher.«

»Was?« Ich stoße ein Lachen aus und mache einen Schritt rückwärts. »Jetzt hör aber auf! Anna, du spinnst doch! Also, deshalb hat Maylin dir den Flyer bestimmt nicht unters Kopfkissen ge…«

»Mit Maylin hat das gar nichts zu tun«, schneidet sie mir das Wort ab. »Es geht um die drei Mädchen, mit denen du Küchendienst hattest: Kim, Lisa und Harriet.«

Jetzt werde ich doch hellhörig.

»Was ist mit denen?«

»Sie waren vorhin bei uns im Zimmer und wollten mit Maylin sprechen«, erzählt Anna und ihre Stimme überschlägt sich fast dabei. »Mich kannten sie ja noch nicht.«

»Okay … und?«, frage ich ungeduldig.

»Sie haben etwas belauscht. Ein Gespräch zwischen einem Jungen namens Frederik und einem anderen. Frederik hat gesagt, dass die, die ihm den Platz beim Gelände-Biken weggeschnappt hat, aus dem Rennen gekickt wird. Jemand würde das für ihn erledigen. Angeblich hat er zehn Euro dafür bezahlt.«

Ach nee! Ich stoße einen Pfiff aus. Deshalb also ist Bens Bike vorhin angeblich von ganz alleine losgefahren!

»Und darum musst du hier weg. Das finden übrigens auch Maylin, Kim, Lisa und Harriet«, beschwört Anna mich. »Sie dachten nur, dass du am ehesten auf mich hören würdest.«

»Ich denke ja gar nicht daran«, sage ich. »Dafür kommst du jetzt mit mir.«

Ich fasse Anna am Handgelenk und ziehe sie entschlossen auf die Veranda zu, wo Rita und Kay die Grillwürstchen und den Stockbrotteig für das Abendessen vorbereiten.

Eigentlich hasse ich Petzen. Aber in diesem Fall geht es ja nicht nur um mich, sondern um viele andere, die Frederik womöglich auch noch in Gefahr bringt.

Eine Viertelstunde nachdem Anna und ich den beiden Betreuern die ganze Geschichte erzählt hatten, musste Ben seine Sachen packen und das Camp verlassen. Frederik (und vermutlich noch ein paar anderen) wird es wohl genauso ergehen.

Inzwischen sitzen wir um ein prasselndes Feuer herum und futtern Würstchen und Stockbrot. Ich habe Anna überredet, Bens Platz zu übernehmen. Es war ein ziemlicher Kraftakt, aber nachdem Sven ihr hoch und heilig versprach, dass sie selbstverständlich zu nichts gezwungen würde, hat sie schließlich eingewilligt.

Natürlich wird sie jetzt wie ein Schießhund darüber wachen, dass ich ebenfalls nichts »Waghalsiges« mache, aber das nehme ich gerne in Kauf. Hauptsache, wir streiten uns nicht mehr und können wenigstens die letzten Tage hier im Camp noch zusammen verbringen! Ich bin unendlich glücklich darüber, dass sich alles aufgeklärt hat, und kann mir kaum vorstellen, dass bis zu unserer Abreise am nächsten Donnerstag überhaupt noch etwas Weltbewegendes passiert.

Doch da irre ich mich gewaltig.

Sven ist gerade mit Anna in einem Jeep losgedüst, damit

sie Waschzeug und Wechselklamotten holen und Maylin Bescheid sagen kann, da dudelt mein Handy los.

Jonathans Nummer erscheint auf dem Display und ich stelle sofort die Verbindung her.

»Hey!«, rufe ich mit mindestens zehn Ausrufezeichen dahinter. »Stell dir vor, mit Anna ist alles wieder okay. Sie macht jetzt sogar beim Gelände-Biken mit«, bestürme ich ihn.

»Das ist toll, Em, ehrlich«, sagt Jona. Es klingt allerdings ganz und gar nicht so, als ob er sich für mich freuen würde, und das scheint ihm sogar selber aufzufallen.

»Nein, wirklich, ganz im Ernst«, bekräftigt er nämlich noch mal. »Ich bin froh, dass du wieder glücklich bist, denn ich muss dir jetzt was sagen, was dir vielleicht nicht so gut gefällt.«

Ich spüre, wie mein Atem stockt.

»Du ziehst weg«, hauche ich.

»Nein, keine Angst, ich bleibe dir erhalten«, erwidert er. »Hoffe ich wenigstens.«

Ogottogottogott!

»Jona, was ist passiert?«

»Ich habe mich verliebt«, flüstert er, nachdem er mich eine halbe Ewigkeit angeschwiegen hat.

»Du hast *was*?«, entfährt es mir.

»Jetzt tu nicht so, als wüsstest du nicht, was das ist«, entgegnet er schlapp.

»Nein! … Doch!«

Ich habe mir nur nicht vorstellen können, dass es ihm … dass es überhaupt einem von uns *jemals* passieren würde.

»Wann?«

»Schon vor einer Weile«, gesteht er. »Damals wusste ich nur nicht, dass sie mich auch ...«

»Oh ... Ist es das, was du mir letzte Woche nicht schreiben wolltest?«, frage ich und meine Stimme fängt wie blöd an zu beben.

»Ja.«

»Und bist du deshalb manchmal ohne dein BMX losgezogen, obwohl du und dein Bike eigentlich so etwas wie siamesische Zwillinge seid?«

»Mhm«, macht Jona. »Und *eigentlich* wollte ich es dir auch erst erzählen, wenn du wieder hier bist«, setzt er hinzu. »Aber jetzt, wo Birke und ich zusammen sind ...«

Ich glaub, ich hör nicht richtig.

»Du hast dich in einen Baum verknallt?«

»Was?«, stößt Jonathan aus. »Nein ... Verdammt, ich weiß ja selber, dass es ein ziemlich bescheuerter Name ist.«

»Das solltest du ihr aber besser nicht sagen«, empfehle ich ihm. »Kommt bestimmt nicht gut.«

»Apropos kommt nicht gut«, greift er meine Bemerkung auf. »Ich hab ihr übrigens noch nichts von dir erzählt.«

»Oh!«

»Aber ich möchte natürlich, dass du sie kennenlernst.«

»Ich sie?«, hake ich nach. »Oder sie mich auch?«

»Na ja ... besser erst mal nur du sie«, antwortet Jona zögernd. »Ich möchte wissen, wie du sie findest. Das ist mir irgendwie wichtig.«

»Also, wenn du sie magst ...«, sage ich und spüre förmlich, wie ich gerade über mich selbst hinauswachse. »Und sie keine weiße Rinde hat ...«

»Em, du Scherzkeks! So einen Kommentar darfst du ihr gegenüber aber bitte nicht loslassen!«

»Keine Sorge«, witzele ich. »Ist ja eh nur für den Fall, dass sie mich überhaupt irgendwann mal kennenlernt.«

Eine Frage habe ich dann aber doch noch:

»Fährt sie Skateboard?«

»Nee«, sagt Jona. »Aber sie steht auf Tiere.«

Na, dann kann ich vielleicht sogar damit klarkommen. Es sei denn, Jona hat plötzlich keine Zeit mehr für mich. Aber so weit will ich jetzt lieber noch nicht denken, sondern erst mal in vollen Zügen die Zeit mit Anna genießen.

Klar, dass ich ihr sofort von Birke erzähle, und logisch erinnert sie mich auch gleich daran, dass sie mir *so etwas* ja schon vor ein paar Wochen vorausgesagt hatte.

»Jona ist dreizehn«, erklärt Anna mir. »Bei dem drehen gerade die Hormone durch. Du musst Verständnis für ihn haben. Es geht bestimmt bald wieder vorbei«, versucht sie mich zu trösten. »Die ersten Beziehungen halten nie besonders lange.«

Keine Ahnung, woher sie diese Weisheit hat. Für mich ist und bleibt die ganze Verlieberei ohnehin ein Buch mit sieben Siegeln. Und dass Jona jetzt eine *Beziehung* haben soll, mag ich mir sowieso nicht ausmalen. Das klingt ja fast so, als würde er demnächst heiraten.

Aber meinetwegen soll diese Verliebtheit ruhig eine Weile halten. Wenn es sich schon nicht vermeiden lässt, dann ist mir eine Birke ohne Skateboard tausendmal lieber als ein BMX-Profi-Mädel wie Carolin.

Zum Glück habe ich in den nächsten Tagen kaum Gelegenheit, mir darüber noch weiter den Kopf zu zerbrechen. Am Montag starten wir eine supercoole Geländetour, die Anna und mir unheimlich viel Spaß bringt, und am Dienstag zeigt Sven uns noch ein paar besondere Tricks. Am Ende des Workshops können wir alle (Anna eingeschlossen) durch eine fünf Meter lange Schlammpfütze fahren, ohne wegzurutschen oder unsere Klamotten einzusauen, einen steilen Hügel bewältigen und über eine echte Rampe fliegen und sicher landen.

Immer wenn Anna und ich nicht mit den Bikes beschäftigt sind, schmieden wir Pläne für unseren Blog und das »Mützengeschäft«, das wir jetzt noch um ein paar DIY-Schmuckteile erweitern wollen, zum Beispiel Ketten aus bemalten Knöpfen und geknüpften Lederarmbändern.

Inzwischen hat Anna nämlich noch etwas hervorgezaubert: Als ich am Dienstagmorgen aufgewacht bin, lag das brombeerrotfarbene Perlenarmband vor meiner Nase im Schlafsack.

»Damit unsere Freundschaft ewig hält«, hat Anna mir zugeflüstert und mir ihr eigenes himmelmeertürkises gezeigt, das sie sich bereits umgebunden hatte.

Ich bin fast ausgeflippt vor Freude, besonders als ich gesehen habe, dass eine der hellroten Perlen in meinem Armband wie ein Herz geformt ist. Mittlerweile glaube ich auch nicht mehr, dass dieses Armband ursprünglich für Laura gedacht war. Ein Zurückgucken bringt sowieso nichts. Am liebsten will ich die Geschichte mit Laura so schnell wie möglich vergessen.

»Für Maylin habe ich übrigens auch eins gemacht«, sagt Anna und zeigt mir ein dunkelblaues Lederarmband mit lauter verschiedenbunten Perlen. »Meinst du, es gefällt ihr?«

Und wie ich das glaube!

Ich kann es kaum erwarten, Mays leuchtende Augen zu sehen, wenn wir ihr das Armband überreichen. Garantiert hüpft sie bis zum Mond und jubelt das ganze Camp zusammen.

Doch dann ist es zunächst einmal Maylin, die Anna und mich überrascht.

Wir sind gerade dabei, unsere Luftmatratzen und Schlafsäcke zusammenzurollen und uns für die Rückfahrt zur Wohnhütte bereit zu machen, als auf meinem Handy eine SMS reinploppt.

Hochseilgarten – Profiparcours um 16 Uhr 30. May :-)

Ich muss die Nachricht drei Mal lesen, um sie zu begreifen.

»Das kann sie nicht machen«, murmele ich.

»Was denn?«, fragt Anna und beugt sich über meine Schulter, um ebenfalls einen Blick auf das Display werfen zu können.

»Maylin ist im Hochseilgarten. Sie will die Profi-Tour absolvieren!«, stoße ich aus. »In knapp zwanzig Minuten!«

»Das schaffen wir«, sagt Anna. »Wir werden sie davon abhalten.«

»Ich glaub, da habe ich eine bessere Idee«, sage ich, schultere meinen Rucksack und klemme mir das Schlafsackbündel unter den Arm. »Los, komm!«

Ich renne aus dem Zelt und auf den Kleinbus zu, der bereits neben der Wiese wartet. Zufrieden stelle ich fest, dass Maria wieder hinter dem Steuer sitzt. Das macht es nämlich leichter.

»Wir möchten gerne zu Fuß gehen«, eröffne ich ihr und

deute auf Anna, die mir zögernd gefolgt und mit skeptischer Miene am Wegrand stehen geblieben ist. »Dürfen wir dir trotzdem unser Gepäck mitgeben?«

»Aber klar doch«, sagt Maria und strahlt mich an. »Kein Problem.«

Ich nehme Anna ihre Sachen ab und lege sie zusammen mit meinem Zeug auf die Ladefläche. Das Einzige, was ich brauche, ist meine Leica. Mit ein paar schnellen Handgriffen hole ich sie aus meinem Rucksack und stecke sie in meine Jackentasche.

»Was hast du denn vor?«, fragt Anna.

»Wiedergutmachung«, sage ich nur und sie kapiert sofort.

»Du bist ein Genie«, erwidert sie und drückt mir einen fetten Kuss auf die Wange. »Es sei denn, Maylin stür…«

»Quatsch«, falle ich meiner Freundin ins Wort und wische ihren Einwand energisch beiseite. »So etwas passiert ihr garantiert kein zweites Mal. Ich wette, sie hat fleißig geübt.«

»Na dann nix wie los!«, ruft Anna und knufft mich in die Seite.

Bis zum Hochseilgarten ist es ein ganzes Ende, noch dazu wissen wir nicht, wo genau auf dem Profi-Parcours Maylin sich gerade befindet. Mein Gefühl sagt mir: natürlich an der kniffligsten Stelle! Und die liegt meistens ganz am Ende. Wenn es tatsächlich so ist, haben wir eigentlich keine Chance, rechtzeitig dort zu sein.

Trotzdem geben Anna und ich alles. Noch nie in meinem Leben bin ich so lange so schnell gerannt. Und als wir nach einer gefühlten Ewigkeit endlich den Eingang erreichen, bin ich dermaßen aus der Puste, dass ich kaum noch reden kann.

Anna ist wachsbleich im Gesicht, und sie sieht aus, als müsste sie sich jeden Moment übergeben, aber ihre Augen funkeln vor Übermut.

Mit letzter Kraft schleppen wir uns weiter in Richtung Profiparcours. Auf halber Strecke kommt uns der junge blonde Betreuer mit der blauen Mütze entgegen, der sich nach Maylins Sturz zusammen mit einem Kollegen um sie gekümmert hatte.

»Wo sind denn eure Gurte?«, fragt er. »Oder wollt ihr gar nicht …?«

Sein Blick bleibt an mir hängen. Er stutzt kurz, dann scheint er mich zu erkennen. »Oh, du bist doch Maylins Freundin, stimmt's?«

Ich nicke eifrig. »Kannst du mir sagen, wo sie ist?«, stoße ich keuchend hervor.

»Klar«, sagt er grinsend und deutet auf die Hängebrücke, die unmittelbar an die Netzwand anschließt. »Eben war sie noch dort. So flink wie sie ist, dürfte sie mittlerweile aber schon die Seilwinde erreicht haben. Danach kommen nur noch fünf Stationen. Die schwierigste ist …«

»'tschuldigung«, unterbreche ich ihn. »Aber ich glaube, wir müssen uns beeilen.«

Ich warte seine Antwort nicht ab, sondern packe Anna am Handgelenk und ziehe sie weiter. Schnaufend und prustend hasten wir neben dem Parcours her und plötzlich sehe ich sie: – Maylin zehn oder fünfzehn Meter über uns auf einer rechteckigen Plattform, die sich auf sechs dicken Holzpfählen befindet.

»Und jetzt?«, bringt Anna, mühsam nach Atem ringend,

hervor. »Sie will sich doch wohl nicht absichtlich in die Tiefe stürzen!«

»Nee«, sage ich kopfschüttelnd und deute auf eine kleine runde Plattform, die sich gut zwei Meter von der rechteckigen entfernt befindet. Sie ist nicht viel größer als ein Schwimmbrett, also absolut winzig, und sie besitzt weder ein Geländer oder eine Stange, woran man sich nach dem Sprung abstützen oder festhalten könnte. »Ich schätze, sie will da rüber.«

Ungefähr einen halben Meter hinter dieser Miniplattform ist ein Doppelseil gespannt, zwischen dem ein Rad mit zwei Griffen ziemlich steil in die Tiefe auf einer Brücke aus hin- und herpendelnden Bohlen zuführt.

Mein Blick klebt wie gebannt auf Maylin, die uns mittlerweile entdeckt hat. Sie lacht und winkt. Dann nimmt sie Anlauf …

»Oh, mein Gott!« Anna krallt sich in meiner Jacke fest und hopst aufgeregt auf der Stelle. Mir stockt der Atem. Wie in Trance hebe ich die Kamera und drücke auf den Auslöser: Maylin im Flug – Klick! … Maylin, die mitten auf der Miniplattform landet und mühelos ins Gleichgewicht findet – Klick! … Maylin, die an die Griffe springt – Klick! … am Seil hinunterrauscht – Klick! … und auf der Pendelbrücke weiterläuft. Klick! Klick! Klick!

Garantiert werden es die besten Wiedergutmachungsfotos des Universums.

Schröder, Patricia:
Lesegören
Emely – absolut verstrickt!
ISBN 978 3 522 50450 8

Einbandillustrationen: Carolin Liepins
Einbandlayout und -typografie: Maria Seidel
Innentypografie: Kadja Gericke
Reproduktion: Medienfabrik GmbH, Stuttgart
Druck und Bindung: GGP Media GmbH, Pößneck

FSC
www.fsc.org
MIX
Papier aus verantwortungsvollen Quellen
FSC® C014496

EMELY: *einmalig, erfrischend, anders*

Patricia Schröder

Emely – total vernetzt!

224 Seiten · Gebunden
ISBN 978-3-522-50449-2

Klamotten aufpeppen, Selbermachen – das sind Emelys große Leidenschaften. Als sie in der Schule die Aufgabe bekommt, eine Website zu programmieren, hält sich ihre Begeisterung jedoch in Grenzen. Wozu soll das denn bitte gut sein? Schließlich hat sie gerade wirklich Wichtigeres zu tun. Eine kleine Katze wurde angefahren und Emely muss sich um sie kümmern. Doch da kommt ihr eine geniale Idee ...

Chaos, GIRLS *und Katastrophen*

Bianka Minte-König
Wo geht's lang, GIRLS?
224 Seiten · Gebunden
ISBN 978-3-522-50447-8

Seit Lottes Eltern getrennt leben, hat sie fast alles doppelt: zwei Zimmer, zwei Haustiere, zwei Kleiderschränke ... und sogar zwei beste Freundinnen. Hanna und Stine beneiden sie zwar um ihr geniales Doppelleben, unterstützen sie aber auch beim Projekt zur Wiedervereinigung ihrer Eltern. Das neue Schuljahr beginnt allerdings mit einem Paukenschlag: Die neue Mitschülerin Céline gibt den GIRLS Rätsel auf ...

Bianka Minte-König
Was gibt's Neues, GIRLS?
224 Seiten · Gebunden
ISBN 978-3-522-50472-0

Der Kummerkasten der Mädchenzeitschrift von Lottes Mama quillt seit Neuestem von einer Unmenge an mysteriösen Briefen eines unbekannten Mädchens über, das dringend Hilfe zu brauchen scheint. Wer steckt dahinter? Lotte und ihre Freundinnen platzen fast vor Neugier und beginnen zu ermitteln ... Als wäre das nicht schon Aufregung genug, trifft sich Lottes Mama immer öfter mit diesem Fotografen. Aber zum Glück sind die GIRLS zur Stelle und haben auch schon einen Plan ...

PLANET GIRL
Meine Welt voller Bücher!

www.planet-girl-verlag.de